河出文庫

死にたくなったら電話して

李龍徳

河出書房新社

目次

死にたくなったら電話して

初対面から大笑いされたのは、さすがの徳山でも初めてのことだった。

そもそも徳山久志はすらりとした顔立ちで、背も高く、瞳が潤んで澄んで大きく見えるのが特徴的で、第一印象では女性から好意のまなざしを向けられることが多い。この店の客層からしても二十一歳と若いほうであり、入店してからまっすぐにソファ席に向かってそこに腰を下ろしただけで、いつもしてしまうようなおっちょこちょいな失敗もまだしていないはずだった。

キャバクラ、朝キャバ。早朝の五時から営業している店。バイト仲間で徳山以外の三人は居酒屋での仕事明け。その日のシフトは入っていなかった徳山だが、住んでいるのがこの十三ということで呼び出されていた。すっかり昼夜逆転の生活と知られていたので呼び出しにも遠慮がない。

暗い店内に、有線のテクノの音量がわりと大きい。ソファのあるテーブル席が並んでいる。入口付近に大きなミラーボールがあった。カラオケもあった。段差が一ヶ所あり、観葉植物が間仕切りとなっている。雰囲気はむしろ陰気で、そんなに構えることなかったなと、こういう店は初めての徳山を安心させていた。何も緊張せんでええ、所詮やっぱり十三や。

席に着いた四人の男たちはドリンクを注文する。日浦、内場、斉藤。――細面殺人マシン顔の日浦、顔の大きさからいつも余裕たっぷりに見える内場、アホの斉藤がいちばんの年下、そして徳山。店に先客はなし。

三人のドレスアップされた女の子たちが寄ってきた。

日浦が彼女たちに、

「あれ？　ミミちゃんは？」と訊く。

店の奥のほうに向かって「ミミちゃーん」と呼ばわる。

その猫なで声のありさまは、普段彼のことを男らしい先輩とみなしていた徳山の心地よい嘲りを引き出してもいた。

と、そこに一人の女の子がふっと現れる。タイトな白のスーツ。背は低い。「おお、ミミちゃん」と日浦が感嘆の声を漏らすから彼女がきっとそうなのだろう。日浦が「淀川区でいちばんの美人がおる」と「絶対見といたほうがいい」とえらくしつこく言っていた女の子だ。徳山はその彼女と目が合う。一瞬彼女が目を見開く。知り合いか、と徳山が怯む間もなく彼女は笑い出していた。ははは、と笑い出していた。

「え、何？　何？　どしたん？」と日浦の目尻は細く柔和に垂れ下がっている。バイト中のドリンカーに立っているときの、一重の鋭い目つきとはまるで違うものだ。

ふふふ、と彼女は口元に手をやる。

しかしいきなり彼女は弾けたように、身体をくの字に折り曲げて手を叩き、盛大な引きつけ笑いを起こす。

「はは」と「ひゃ」の中間のような音を一気に吹きだして高音というのでもないけど店内に響き渡って、ちょっと落ち着いたかと思うとまた引きつけ笑いに始まってそれから波が大きくなる。

ははっ、ひゃは、はははははっはは、と彼女の高笑いは収まらない。

笑いながらその場でふらふらと回転する。膝から崩れ落ちそうにもなる。狭い場所で危うい。

ふふ、ふふふふ、と含み笑いに抑えようとしてすぐに失敗して破裂する。

どうも彼女が自分の知り合いであることはなさそうだと、そろそろ徳山はわかって逆にわからないことが増え、背筋が寒い。一方で、すごい肺活量やな、と変な感心もしていた。やがて、いたたまれなさが追いついてきて自分の顔の赤くなるのがわかる。右手でそっと確かめてみたけどチャックはあいてなかったし、そんなにひどい格好してるか今日？　襟よれよれのスポンジ・ボブTシャツを着ている横の斉藤と比べても？　――もしかしたら俺のことを笑っているんじゃないかもしれんけど、ようわからん。

いつまでも収まらないこの異常事態の責任はそう、日浦にあるかのように徳山は彼を見やる。言いだしっぺの彼がこの状況をどうにかしてくれるだろうと視線を送るが、日浦はそれを頑として無視している。やがてこちらを向いてその細い目で睨みつけてきて、（なんやねん）と口だけ動かして凄んでくれれば、徳山はあっさり視線を外す。

「泣いてるよ」と内場。

実際、そのミミという女の子は目に涙をためるほどに哄笑していた。それが数秒、数十秒、ひょっとして数分も、男たちが顔を見合わせるぐらいに長く笑っていてそれでも止まらない。店長らしき男が近くまで寄ってきながら、どうしようかと戸惑いの表情でいる。ようやくにして徳山も、なんやねんこいつ、との怒りの気持ちが湧いてきた。ひどいやろマジで、いやホンマに。

ふらつくことのなくなってきたミミの、その肩に手を置いたり背中をさすったり、あるいはスペースが狭いので遠くから「大丈夫？」と声をかけたりしながら、しかしそんな奇矯さにも他の女の子たちは慣れているようで、いかにもその上辺だけの気遣いを振りかけたあとでは、さっさとテーブルについて営業モードに入ろうと努める。ミミの取扱注意に、いちいち相手にしてられへん、でも店のために我慢している、という冷淡さをあまり隠そうとしない。そんな彼女たちは、髪を盛り上げて、着回しなのかコサージュもうつむき加減のくたびれた、露出度の高いドレスをペタッと身にまとっている。対してミミは、やはり発想の回路が違うのか、それとも人気さえあれば多少のわがままは許されるのか、髪も着ている服も全体的に自然体というかそっけないスタイルで、それがまたしかし彼女を他から浮き上がらせてもいた。

　さんざん笑われてまだ落ち込み具合から回復しない徳山だったが、地味な新人らしい女の子に促されて隣の席に座りやすいようにと膝をのける。と、そこに、笑いを止めたミミが素早い動きで割って入ってきた。タイトスカートのお尻を徳山の腕に摺り寄せるほどに強引に身を滑らせて、ねじ込んで、徳山の隣に座った。よって向かいの日浦の席の隣があく。率先して空気を読んで徳山の隣に座ろうとした地味系の女の子も、急な事態にどうしていいかわからないで、本当ならミミが座るはずだった日浦の隣席をちらちら見ながら突っ立っているしかない。内場の隣に座った場慣れしている女が、ミミに直接言うのではなく宙に向かって「日浦っちの隣に座ってあげなよ、そのための本指名やったんやし」と言えば、ミミは「そんなん私が払い返しますから外野は黙っといてください」と早口で打ち返した。一気に場が凍りつく。驚いて徳山は隣のミミを初めて直視するに、この子はそれを待っていたかのように徳山の目をまっすぐに見て口角を思いきり広げての笑顔となる。頬杖にその小顔を支えて、待ち構えて捕らえたらパッと花開く笑顔を惜しみなく差し出してきた。反射的に徳山は視線を逸(そ)らす。いや怖い、この子なんなんいったい、怖いわ。

内場の隣の女が店の奥の男たちのほうに、どうにかしてこれ、といったような視線を送る。それに気づいて日浦が「まあええやん、かまへんかまへん」と大きめの声で言った。そして日浦の隣には新人らしき子が仕方なく座って、ちょっと場が落ち着いて、そうなってから今更に、徳山は隣のミミに向かってその顔は見ずに言い放つ。

「あっち座ったら？　ミミさん」

「初美(はつみ)です」

「は？」

「ミミとかそんな名前やなく、初美、っていいます。そう呼んでください」

だからなんやねん。ため息をつく。どうでもいい。とにかく向こうに座ってほしい。面倒に巻き込まんといてほしい。

日浦が言う。

「初めて聞けたわ、本名」暗い声だ。

ミミからの返答なし。——ああ。徳山は思わず頭を抱えてしまうがそんなリアクションが余計、日浦の感情を逆なでることにすぐに気づいて、はっと背を起こす。

「なんか言いよ」と内場の隣の女。このなかではいちばんベテランぽい。頬は下膨(しもぶく)れで吊り目のお姉さんで、まあまあ色っぽい。

しかしそれでもミミからの返答はなし。

「感じ悪っ」とのベテラン女子の吐き捨て。

「ええねん、ええねん」と日浦は手を振る。「そんなんより、ま、飲もうや。今日は給料も入ったばかりやし、心強いから」

「そやな」と内場。

「すごーい」とか「いこいこ、飲も飲も」とか女たち。日浦は彼女たちのドリンク注文も通してやる。

「かんぱーい」とか「お疲れー」とか「飲め飲めー」との唱和。

「そっすよ、そっすよ。延長っすよ、延長」と斉藤が肩を揺らす。

「まだ始まったばっかりやろ」と内場。続けて間延びした口調で「ミミちゃんはすっかり久志のことが気に入ったみたいやなあ」

「まあこの子は面食いやから」とベテラン風の彼女。

「ちゃうし！」とミミからの反発が高く店内に響いた。

降りた気まずい沈黙をたっぷり転がしたのち、ミミ以外の女の子たちは切り替えトークをこれ見よがしにしてくる。手を叩いて「はいはい！」と重い空気を払ってから新規客である徳山に彼女たちは自己紹介をする（ミミは飛ばす）。徳山も名乗った。

「男前ですねえ。ホンマ日浦君の連れて来てくれるお友達はみんなレベル高いけど、それにしてもちょっと、最近見たなかではベストやわあ」とか「私、タイプです」とか、そんな接客に適(かな)った言葉が放(ほう)られてきて、日浦が「でも俺のほうがええ男やろ」と割り込むと「もちろんやし。浪速(なにわ)のジョニー・デップやし」と応じてまた日浦も「うん、よう言われるわそれ」と調子いい。「ていうかおまえからしか聞いたことないわ、それ、ジョニー・デップ似って」――笑いがそうしてまとまったあと、斉藤が「え、誰それ？」と訊いて内場に「おまえマジか？」と言われて、笑いがまた一つ足された。そうしてみんなで一丸となって、窮屈(きゅうくつ)ながらも、徐々に場はほぐれてくる。が、ミミという女の子は、じっと徳山の横顔を近距離で見つめたままでその雰囲気に乗ってこない。徳山もいちいち気が散っていた。気が散るが、そちらに気を向けてしまうのは負けのように思われる。それにもうこれ以上日浦の感情を害すのも、あとあと面倒だ。――さっきからちらちらと、日浦の鋭い視線を感じる。日浦だけでなく、他のみんなも結局、ミミのにこにこと溌剌(はつらつ)とした意味不明の凝視が気になって仕方ないから、せっかく盛り上がりかけた雰囲気も、しぼんできて台なしとなる。

そして、徳山は負けを認めた。

彼女を横目で見て、「なんですかいったい？」と直接に声をかける。

「いや、――いやです」

「は？」

「あの、初美って呼んでください。どうもです」と頭を下げる。

徳山は早口で、

「ええっとじゃあ初美さん。さっきからじっと見られると気になってしゃあないんですけど。ウザいんですけど。いきなり笑われたりして、失礼なんすけど」

言ってやった、と思う。言えた、とも少し自分に驚く。徳山はあまり自己主張の強いほうではなく、抗議の言葉とか、「ウザい」「失礼だ」なんて強い言い回しなんか、とても面と向かって他人に言えるような性格ではない。それが、言えた。まだアルコールもさほど入ってないのに。

ところが額に感じる日浦の睨みが鋭くなってきている。俺の気に入った女にそんな物言いするな、ということだろうか。――いやいや、あんたのためでもあるんやで。八つ当たりか？　ホンマめんどくさい。帰りたい、帰りたいわ。やっぱ来るんやなかった。

「でもホンマ、綺麗なお顔してますねえ」と、その初美。

「はあ」と徳山は脱力する。

「いい声してはるし、顔ちっちゃくて目えパッチリやし、しかも背高くてモデルさんみたいやし、……いったいこんなとこで何してはるんですか」

何してはるも何も、あんたの働いてる店に客として来てるんやないか、――という普通のツッコミが徳山には声帯からうまく出てこない。

「出た出た」と日浦がソファから身を起こす。「それ言うならな、こいつな、昔モデルやってたってのが自慢なんやけど、――いやホンマやねん、ホンマにモデルやってたてん。でもな、実はそれ、地方の大型スーパーのチラシに小さく載ってたってだけなんよ。あるやん、食品とか食器とか値段張り出してる裏面のさらにその隅っこに、ちっこいファッションコーナーがあって、そこで笑ってるモデル。ポケットに手え突っ込んで古いポーズとって不気味な笑顔してる、素人に毛え生えた程度のモデル。うん、それがこいつやってん」

自慢なんかしてないし、俺もネタとしてわかってて話したんやし、――と徳山は心のなかで抗議するも、これは慣例で不満を口に出さない。諦めている。

「こいつには第一印象でたいがいの女が騙されるけど、いやいやこんな奴、ただのボンクラやから。仕事もできんとホールにボケッと突っ立っとるだけのボウフラ男やから。まあそのうちすぐ、こいつの空っぽさがわかるって」

「素敵」と間髪をいれず初美。

「は?」「は?」と日浦と徳山がほぼ同時に。

「だって、仕事なんて、どうでもいいですもんねえ? しょうもないもん。そんなんどうでもいい。労働の美しさとかプロ意識とか、そんなんウソウソ。洗脳、洗脳。仕事ができない？　ええやん別に。器用不器用だけでその人の価値測られたくないって。ねえ、違います？」

　はは、と日浦は笑ってごまかすだけで何も答えない。徳山は愛想笑いすらしなかった。何言ってんのこいつ、とよくわからない。

「仕事できます自慢とか、お金持ってます自慢とか、いい大学出てます自慢とか、ホンマどうでもいい」

「それはわかる」と急に斉藤が口を挟んだ。「だって勉強できてもアホな奴っていっぱいおるもん。俺は高校中退やし、日浦さんも調理師学校を退学になったけど、でも日浦さんよりよっぽど頭悪い、仕事できひん大学出なんていっぱいおるもん」と余計なことを喋(しゃべ)ってしかし本人は得意気だ。

「俺は」徳山は言う。「俺は、いい大学に行きたい」と、初美の顔は見ないまま、真正面の壁を見つめたままで「そのために今は毎日勉強してる。勉強して、いい大学に入る」と宣言する。

　初美が訊いてくる。

「大学入るって、働きながら勉強してはるんですか？」

答えたくない、ていうかどうせ日浦さんがまた誇張して悪意たっぷりに答えてくれるやろ、と思うも、しかし日浦は何も言わない。

代わりに内場が、

「ミミちゃん、こいつ三浪生なんよ。浪人三年目」と説明する。ひひ、と斉藤が笑う。

「ふうん」と初美。

やはり日浦がこらえきれないようにして、からかってきた。

「医学部志望でもないくせに、三浪生。終わってんな。何浪までいったらギネスに載るんやろ。おまえそれ目指せや」

斉藤の大笑いがそれにすぐ続くのは、まるで伝統芸のようだ。

初美ではなく徳山の対面に座っている女の子が、

「偉いですね。夢追いかけてるって、かっこいいです」とフォローを入れてきてくれた。さっき徳山のことを「タイプです」と言っていた子だ。新人です、と名刺にも若葉マークが貼られていた子だったがそれなりに立ち回りはうまく、おしぼりを三角に折るのも水割りを作るのも、慣れたような手つきだった。もしかしたら他の店での経験者なのかもしれない。リスみたいな顔立ちの、いい笑顔を見せる愛嬌のある子。名刺を渡してきたときに「恋と書いてレンです」と名乗っていた。

内場が徳山に問う。

「おまえの言う『いい大学』ってどういうの？」

「それはもう単純に、偏差値の高いとこ」

日浦が鼻で笑う。追って斉藤が「なんやそれ」と呟く。

「国公立は今更無理やから、関西やったら関関同立。あとは東京にも今年は受けに行く」

「関西から出てくかもしれへんのですか？」初美が徳山の横顔に訊く。

徳山は答えない。――別に俺がどこ行こうが関係ないやろ。

初美が、脈絡なく、徳山に、

「あの、私、山仲初美っていいます。ヤマナカの『ナカ』は仲間の『仲』って書きます。トクヤマ、ヒサシさん？　名前、漢字はどう書きます？」

ぐっと徳山は奥歯を嚙む。どんなタイミングやねん、と思うも、いやこのタイミングは逆に絶妙なんかもしれん、とも思うし、でもそれは別としてこの女にはなんにも答えたくない。言うとおりにしたくない。だいたい名前の漢字知ってどうするつもりや？　姓名判断でもしてくれんの？

しかし日浦に、

「おい、質問されとるやん。答えぇや」と、いつもの職場でのような威圧感ある声で命じられたら、その辛抱もあっさり崩れてしまうのだった。この店に入ってからずっといつもの厳しさが感じられず、彼を軽んじていたところでもあったのでその反動として、ピッと背筋が立ってしまう。

それでも一つ、ため息をついて、咳払いをして、もったいぶってみせてから「徳山久志」の漢字を面倒くさそうに答えた。そのもったいぶり、いかにも面倒くさいというアピールが、もっさりと芝居じみていてそういうのが日浦たちに「むかつくポイント」と指摘される欠点とは自覚しながらも、今もこうしてそんな自己表現過多は止まらない。

「徳山、久志さん」と初美はその名を唱えた。

これらやりとりのなかでようやく徳山は、断続的ながらに初美を観察することができていた。顔から全身の輪郭はすっきりとして、肌はこの淡い照明のなかでうっすら桜色をしている。髪は背中に届く長さでエクステでない自前のとても豊かなもので、それをかきあげる仕草だけで色香が立つ。徳山は、ああやっぱり言うだけあってすごい美人やな、との感慨をもつ。すると、こんな美人に顔見つめられたり、向こうから積極的に名前を訊かれたりしたことが急にどぎまぎして感じられた。また、そういうわけで、遅れて日浦への、あるいは他の男たちへの優越感が腑に落ちてくる。それにしてもこんだけの美人のくせにというか、こんだけの美人だからというか、初対面でいきなし笑ってきたのとかそれからずっと無遠慮に見つめてきてんのとか、いったいなんなんやろうこの子？　——とも混乱する。

名前を聞き出してから初美は、徳山の横顔をじっと見つめてばかりいたのをようやく改めて、それなりにテーブルの会話を回すことに加わってくる。その会話術からして彼女は、そつがないといえばそつがないように思える。切り替えが早い。場に馴染むのも、日浦の機嫌を直すのも、あっというまのことだった。またそれら会話のなかで徳山は、彼女が十九歳であることを知った。笑い声や歯の白さや肌の張りは、確かに十代後半のもので、物怖じしない態度や髪のつややかさや指先のやけになまめかしい動きなどは、年齢以上のものが感じられる。それからこのキャバクラの朝の部には学生が数人在籍しているとのことで、レンという新人の子もその一人だったのだが、初美は学生ではないという。夜もやはりキャバ嬢として働き、「時間の使い道が他にないから」との理由でほぼ毎日を休みなく働いているのだという。

初美が、最近スマホの最新機種を買った、という話題を振る。

そこで日浦が徳山を指さして、「こいつの持ってんの超ウケるから。ガラケーはガラケーでも、めっちゃ懐かしのもんやから」と笑う。ウイスキー好きで酒に弱くはないけれど顔にすぐ出る日浦は、色がもう赤黒い。

「見して見して」と女の子たち。そんなことでからかわれても別に恥ずかしさを覚えない徳山は、平気で自分の携帯電話をみんなに回した。案の定「うわ、想像以上」「懐かしすぎ」といったような反応が起きる。回り回って初美がそれを手に取って、しかしおもしろがる様子はなく、しばらく真剣な表情で画面を見ていたかと思うと、「ありがとうございます。物持ちがいいんですね」と徳山に返す。

　それからの初美はむしろ徳山にそっけなかった。「シャッフルタイム！」と声を張り上げて要は初美の隣に座りたいだけの日浦の提案に、今度は初美も素直に従った。結果、日浦の隣に座って煙草に火をつけてやったり水割りを作ってやったり、好きに手をさすらせてやったりして、すっかり有頂天になった日浦は「俺が払うから」と言って延長を告げる。初美は徳山のほうを見もしない。

　やがて時間の経つにつれ、他の来客もぽつぽつと見える。初美が男性店員に呼ばれて別テーブルに移った。「なんや」と日浦がつまらなそうに呟く。初美の移った先にはホストらしき客たちがいて、初美は彼らに愛想がいい。受け入れられ、盛り上がっている。常連客みたいだ。彼女のプロらしい対応が、段差上がった先の観葉植物越しにちらちら見える。いかにも日浦はつまらなそうで悔しそうだ。

　先ほど日浦を「ジョニー・デップに似ている」と評したキャストは、もともとの指名だったようで他から声もかからないから内場の隣についたままでいる。それ以外のキャストたちは交代してゆくが、レンについては「おまえ気に入ったんやろ？」と日浦が追加料金で場内指名にして残ることになった。特に感謝の気持ちも起こらなかったが徳山は、そのレンに引き続き勉強方法や大学生活について訊く。彼女の通っている大学キャンパスには二十代半ばの学生なんてざらにいて、大学院生もいるから「年齢なんて気にしなくていいですよ」とのことだった。

斉藤が、

「こんな店に来て、なんの話してんすか？　口説かないと！」と注意してくる。そう言う斉藤は隣の肩幅の広い女の子にしがみつくようにしていて、それでいったい口説いているつもりなのか。受験の話や大学の話などをして徳山は、はっきりこの子を口説いているつもりだった。

また初美が戻ってくる。「ごめんねー」と、まっすぐ日浦の横に座る。ご機嫌な日浦は延長を重ねた。初美はやはり徳山のほうに視線を上げない。

三時間近く経ったころ、あくびをしながら内場が、

「もうそろそろ出ようや」と言った。

「いやだー」と声をそろえる日浦と斉藤。しかしもういいかげん料金もかさんでいることに日浦は気づいていて、それで腰を上げる。

徳山もそれなりに酔っていて、その酔った頭で考えていた。今日会ったばかりのこのレンが、店のシステム関係なく「外で会ってくれる」と確かな約束をしてくれたら成功、そうでなかったらこの店にはもう二度と来ることないだろうから（日浦に誘われることも今後ないだろうから）口説きは失敗。そして当のレンは「いいよ。じゃあ

ここに徳ちゃんの連絡先書いて」とテーブルに置いてあるペンとポストイットを取り上げて渡してくる。そこに自分のメールアドレスを書き込みながら徳山は、連絡はないかな、と感づいてそれで今日の結果は出た。けれどそれなりの満足感で席を立つ。最初に約束していた六千円以上のお金を、日浦は徳山たちから受け取ろうとしなかった。

店を出る間際、送りに出てくれた女の子のなかで、初美が一人「待って待って」と歩み出てきた。日浦にたくさん飲まされたせいか少し足元がおぼつかない。最初の不機嫌さが嘘のような人懐（ひとなつ）っこい笑顔にとろけながら、日浦にハグを求める。「また来てね、日浦っち」とたっぷり甘える。

「そりゃ『淀川区と西淀川区と東淀川区のなかでいちばんの美人』に会いにこな、な？」

「だんだん地区増えてるし、誉（ほ）め言葉としてもどうかと思うし」と苦笑しながらも初美は楽しげだ。

それから徳山の顔をちらりと見て、その手に、左手で軽く触れてきて「今日はいろいろ失礼しました」と、かしこまった挨拶（あいさつ）をしてきた。その軽く握った手を軽く振って、そしてすっと離す。

店を出た。彼らの歩く方向に昇る太陽。六月末の、涼しい風。第七藝術劇場の今月のラインナップ、昼時には行列のできるネギ焼き屋、栄町商店街から十三駅のほうに、朝の出勤サラリーマンたちの波とは逆を行く。他の三人とは改札口で別れ、徳山は東口のほうへと線路下の抜け道をくぐる。ここで手を開こうかと迷うも、もう日浦たちに見られる心配はないだろうに、家に着くまで我慢しようと歩を急がせる。アーケードをパチンコ店前にて左に曲がり、細い路地をジグザグに折れて奥まったところに、徳山の住むアパートはあった。

リフォーム済みとはいえ築四十五年の１Ｋのアパートで、四階建の最上階の角部屋。洋室六畳。エレベーターはない。そこを四階まで待ちきれない思いで歩幅いっぱいに踏み上がり、玄関を開けて後ろ手にドアの鍵をかけて、そこまでの行動すべてを右手でのみ果たした徳山はようやくにして、ゆるく握っていた左手を開いた。尖(とが)って硬い感触に、想像していたとおりのものをそこに見る。

名刺だ。

「ミミ」とピンクの蛍光ペンで書かれてある名刺のその裏に、黒のボールペンで走り書きされた「山仲初美」との名前と携帯電話の番号、そして「しんどくなったり死にたくなったら電話してください。いつでも。」とのメッセージが書かれていた。「いつでも」の文字にアンダーライン。

「なんやそれ！」と思わず徳山は声を上げる。名刺を手裏剣(しゅりけん)のようにして壁に向かって投げ捨てた。折り目のついていたそれは床に急降下する。部屋の真ん中で突っ立ったまま今度は意識して「怖っ」「気持ち悪っ」と声に出す。名刺は、どうせあとで拾う、とはわかっていながらも今は、いやいや、電話せえへんで、してたまるか、と自分に言い聞かせていた。

目が覚めると、窓のすぐ外に迫っている隣接マンションの白壁に、赤紫ピンクの色が差していて、ああ夕方か、寝すぎたな、とぼんやりしていたらもうずいぶん前から携帯電話の鳴っていることに気づく。敷布団の下に挟まっていたそれを取り出す。携帯電話からの着信番号で、未登録のもの。徳山は電話を受けた。初美だった。
「まだ死なんよ」と徳山は寝ぼけ意識のままに言った。

それから毎日のように、——どころか日に二回は、初美から電話がかかってくる。どのようにしてこちらの電話番号を知ったのかはすぐにわかった。
美人で人気もあるのに、やることえげつないというか、なりふりかまっていないというか、女のプライドをかなぐり捨てた不格好さはしかし、徳山の好奇心を大いにくすぐってもいた。精一杯の明るい第一声で「初美です！　こんにちは」とか言ってきたところで、すげなく徳山が電話を一方的に切ったとしても、また数時間後には何事もなかったかのようにして電話をかけてくる。

試しに、わざと、

「そういや、どうやって俺の番号知ったん？」と訊いてみる。

初美は、「それはこのまえ徳山さんのケータイ触らせてもらったときに……」と正直に答える。どうしても知りたかったから自分から携帯電話の話題を振ったりした、と要らぬ説明までして完全降伏を示す。ますます、いじめたくなる。——でも、そういうのもすべて計算かもしれない。相手は二歳年下の女とはいえ、住んでいる世界が違うのだ。だけど、そやけどこんな俺を罠にかけて何求めてる？　お金？　いやいや、俺が時給九百八十円のバイトで、しかも一人暮らしの浪人生って知っているはず。「宅浪」の意味も教えたったはずや。

しかし単純に、すごい、とも徳山は感心したりする。彼女にも生活があるのに、俺なんかよりよっぽどタイトな生活があるはずなのに、こんなに頻繁（ひんぱん）な連絡、自分にはようできん。それに気持ちの強さ。めげない。「徳山さんと話がしたいんです」と抜け抜けと言ってくるその度胸がすごい。

いつも訊こうと思いながら忘れてしまっていた質問を、その夜、やっと投げかけることができていた。

そもそもの最初からあった疑問。

「ねえ、なんであんとき、ファーストコンタクトからいきなり大爆笑したん？」

他の質問にはテンポよく答えてきた初美が、電話向こうで固まる。

「失礼やろ？　いや、そんなのはもう今更どうでもええけど、ただ理由が知りたい。

俺、変な格好やった？」

「いや」

「見た目で笑った？」

「いやそれはないです」

「じゃあ何？　思い出し笑い？　芸能人の誰かに似てるとか？」

「あ、私、長いこともうテレビ番組見てなくて……」

「知らんし、訊いてないし。いやあ俺も受験のためにテレビ買わんかったから奇遇ですなあ——って、そういうこと言ってんのとちゃうし」

ふふ、と笑う初美。

「ええから教えて」と徳山は笑いに誘われなかった。「気になってしゃあない。なあ、怒らんから言ってみ？　あの爆笑の意味、なんなん？」

「いや正直、ちょっと、説明が難しいです。……ただ、なんか、私たち似てるなあって直感でわかって、もうギュギュッときて、なんか安心したような懐かしさというか、そのバカバカしさにたまらず笑えてしまったというか……」

「安心して懐かしくなってバカバカしくなった？　で、爆笑？　全然意味わからん」

「ですよね、そりゃま、そうですよね。でもホンマに説明難しいんです。なんて言えばいいんか、やっぱり、ただ安心して笑えてきたとしか言いようないんです。私たちすごくよく似てると思うんです。思いません？」

「何それ、ルックス的に？」

「違います。もっと内面的に」

「いったい俺の内面の何を……」そして徳山は冷笑する。

「具体的に知らなくてもわかること、感じ取れることはあります。……そのうちわかります。私たち、すごくよく似てます」

　声だけだと、彼女のルックスの可憐さは頭に浮かんでこない。つまりナイーブな徳山の邪魔をしない。

　で、最初の電話からもう数週間が経ったときに、

「何目的？」と、ちょうどそのとき仮眠から起こされた不機嫌さを助力として、思いきって徳山は訊いてみた。「俺なんかにそんな、しつっこくして、いったい何が目的？　普通、逆やない？　客のほうが店の女の子にしつっこうするもんちゃうの？」

「客とか店とか、そういうのはいったん置いときましょう。忘れましょう」と彼女は平板な声で答える。

徳山は思わず笑ってしまう。

それで気をよくしたのか初美は「どうです最近?」と重ねて質問してくる。

「どうですも何も、勉強とバイトの毎日ですよ」

「まあじゃあ今度、パンダでも見に動物園行きません? 神戸の」

「えっと『まあじゃあ』が接続詞として全然機能してないんだけど?」

「おおー『接続詞』。さすが受験生。文法ですね。『あり・おり・はべり・いまそかり』ですね?」

「意味わからん」と不覚にもまた徳山は笑ってしまってから、「とにかく俺は今、忙しいってことです」と持ち直した。

「パンダを見るのは滋養強壮・栄養補給にいいですよ。あとコアラもいます。丸まってばかりですけど、あ、でもハンター邸見るんだったら今はどうなんやろ。でも横尾忠則展が今せっかくいいのやってるのに、……でも暑いし、せっかくやし灘の美術館のほうも、いや、いっそ須磨離宮まで……」

それでぶつぶつ言っている彼女のその内向性が、なんだか徳山には近しいものにも感じられる。その混乱ぶり、興奮して周りが見えなくなり、焦るばかりの優柔不断が重なり、失敗が連鎖する。

　徳山はしかし、すぐには初美を受け入れてやらない。

「山仲さん?」と声をかけ、「俺はね、とっても忙しいんです、崖っぷちなんです」と突っぱねる。

「初美、って呼んでください。――どうか」

　その願いはもう何度か聞いていて、どうやら自分の名字を彼女は嫌いなようで、でもだからこそ徳山は「山仲さん」と声をかけていた。そのたびに彼女もいちいち「初美と呼んでください」と返してきてそれがパターン化しつつもあったけど、そんなお約束以前に本当に彼女は名字で呼ばれるのが生理的に嫌なんだろうなと徳山は摑んでもいて、それで、でも、だからこそ、こんな意地悪をする。本来ならそんな底意地の悪さは彼の性質にはないものなのにどうも彼女相手だと加虐心が増幅されるようで、他の人間には決してしないことをしてしまえる。言えないこともあっさり言えてしまう。電話を切ってからの自己嫌悪も少ない。そういう特別で希少な関係性に徳山は、次第に気がつくようにもなっていた。

　でも、

「山仲さん起こしてくれてありがと。そろそろ勉強に戻るから電話切るわ。じゃ」と一気に言って本当に電話を切った。

徳山のアルバイト先。全国チェーン展開をしている大衆居酒屋。十三駅のより賑やかなほうの西口にあるテナントビルの二階。大衆居酒屋だが他の店舗に比べてこの十三店はなぜか内装に凝っていて、間接照明で落ち着いた雰囲気。それなりに売り上げはよいほうでアルバイトも定着しやすいのだけど、最近新しく赴任してきた店長が、怠け者で女好きで職業倫理の意識が低く、自分に甘く他人に厳しく、労働環境の急速な悪化をアルバイトの誰もが感じるこのごろだった。

徳山はここでホールの仕事をしている。物腰丁寧で接客はうまく、特にやはり女性客からの評判よく、彼を「徳ちゃん」と親しげに呼ぶ常連客もいて、また繁忙期に建物下や商店街入口で呼び込みをさせたらみるみる入店者が増えたという販促の力にも定評があるのだが（前の年末年始ではボーナスとして彼だけ特別に一万円を貰った）、一方で、仕事は遅い、要領が悪い、グラスはよく割るし、料理皿はよく落とす、ハンディのボタンの位置をなかなか覚えないし、ウオッシャーを使った簡単な皿洗いにもやたら時間をかける、胃腸が弱いからと言って忙しいなかでもしょっちゅうトイレに駆け込む、ちょっときつく説教されるとこれ見よがしに落ち込む、——といった欠点もまた多すぎるほどに多かった。だからこそバイト仲間や店長から侮られ、罵られる。

アルバイト先で徳山は、今日が平和で終わりますように、と祈るような気持ちで八時間を過ごす。酔客からの絡みもあれば、ヤクザまがいなのも少なくなかった。汚物の処理は気が滅入るし、トイレで「公序良俗に反する行為」に走る輩もいる。新しい店長には近寄りたくもない。どうしても日浦に仕事を訊かなければいけないような状況など、ぞっとするものだ。斉藤のよくする甲高い嘲笑や、会話の一割ぐらいに混ぜてくるタメ口に神経が逆撫でされる。我関せずの態度を貫く内場にもくたびれる。もうクビ間近だろうというまったく仕事のできないフリーターの女の子がいるのだけど、その子の失敗を見てほっとする自分にも、とことん嫌悪感を覚える毎日だった。

唯一、まっさらな好意だけで接することのできる女性の先輩がいて、彼女はバイトではなく正社員で、ホールとキッチンを兼務し、仲間内からは「形岡さん」とか「容子さん」とか呼ばれている。寛大で辛抱強く礼儀正しい彼女に対しては、徳山も緊張することや萎縮することがなかった。しかしそんな形岡の前で失敗したときの徳山の落ち込みようはまた半端ではなかった。自分のせいで形岡にため息などをつかせてしまった日には、夜、布団のなかで七転八倒の苦しみにもだえる。

だから徳山は、カスターセットの掃除とか、割り箸や紙ナプキンの補充や醤油差しの中身の入れ替えをしているときがいちばん好きだ。安全でいられる。とにかく安全を確保していたい。その同じ理由で徳山は、初美と電話でやりとりしていることをこのバイト先では黙っていることにしていた。

ところが休憩室にて内場と斉藤と三人でいたときに、内場からこう言われる。

「おまえ、ミミちゃんと付き合ってんの?」

「は?」

「いやだって、毎日電話しててんねやろ?」

「はあ? 誰から聞いたんよ?」と徳山は大ジョッキに入っている水を口に含む。頭のなかではこのままとぼけていられるか計算している。

聞けば、あれからまた別の日に徳山を外した男たち三人で同じあの朝キャバに行ったそうなのだが、そのとき初美本人がなんでもないことのようにして言ったのだという。

「やるやないっすか」と斉藤が顎をしゃくる。

頭を抱える徳山。

抑揚のない声で内場が、

「おまえ普通そんなん、ありえへんで。世のオッサンの夢物語や。あれが変子やからありえた話やで」

変わった子だからありえている事態、というのは徳山も同意するところだった。

「大金星っすねえ。やっぱ野球はツーアウトからっすねえ」

「勝手に人をツーアウトにすな」と徳山。「……で、日浦さんは知ってんの?」

「ん？　もちろん」と内場。

「怒ってるかな？」

「怒るわけないやん、中学生やないんやから」と内場は「ですよねえ？」と言う斉藤と一緒になってせせら笑っている。

しかし徳山には笑えなかった。中学生ではないから、という言葉が徳山には説得力を持たない。

そこに形岡容子が入ってきた。彼女もまた、煙草を吸う。

「なになに？　キャバ嬢の話？」

そしてまた徳山は頭を抱える。

「で、最初の質問やけど」と内場は自分の煙草の火を消す。「付き合ってんのおまえら？」

「ちゃうって、付き合ってへんて。電話しただけやって。それも向こうからの一方的な」

「そうか、ま、ええけど」と言って内場は立ち上がり、部屋から出て行った。

「徳山君も隅に置けないねえ」と形岡は内場が座っていた丸椅子に腰を下ろす。「ファンの子たちも悲しむんじゃない？」

「いやいや勘弁してくださいい、ほんと」

「じゃ、お疲れ様っす」と斉藤も時間になって去った。

煙草を吸わない徳山は、手持ち無沙汰なので小休憩の時間を使いきらないうちに部屋を出ることもあるけれど、こうして形岡と膝が触れるほどの近距離で二人きり、というのも貴重な機会だから、しばらく宙を見ているふうにして待機する。ジョッキの水にちょっと口をつける。

狭い従業員ルーム。辞めたバイトたちのエプロンが片づけられずにいくつも吊るされている。安全ピンで留められた名札たちが墓標みたい。店長の買い置きしている煙草のカートンが棚の上。女子店員の着替えるスペースがカーテン一枚隔てた向こうにあって、その奥にはゴミ捨て場に通じる裏口へのドアがある。そこから飛び出して帰りたいと何度徳山は思っただろうか。

形岡が、

「大丈夫？　悪い女に騙されてない？」と言ってきた。

「大丈夫です、今んところは」と妙に含みを持たせる徳山。

「大学時代にね」と形岡はエプロン下の足を組みなおす。「同じクラスの子で、キャバクラの女に入れあげて街金にまで借金してたのがいたのよ。取り立ての人と電話で話してんの聞いたことある」

形岡は京都に憧れ（あこが）て関東から来た。しかし京都の大学には落ち、大阪にある大学を卒業した。

「そういうこと、俺に言わず日浦さんに警告してあげてください。あの人のほうがよっぽど金使ってるし」

「そうじゃなくってね、なんか、徳山君のピュアさが汚されそうで」

「俺のピュアさ……」と徳山は思わず鼻で笑ってしまう。「ないですよそんなん。中学んときに本屋でエロ本をパクったときに、そんなん失われました」

答える。「私の言う徳山君のピュアさって、そういうんじゃなくて」と形岡は笑わず真面目に答える。「二枚目君なのに性格が内向きというか、心が無防備というか、計算高くないところがいいっていうか、……そういうところ、母性本能くすぐられちゃう女の子もたくさんいるんじゃない？」

褒めてるつもりなんやろうな、と徳山は水を飲む。しかしこれ以上自分がピュアかどうかの言い合いしても出口ないから、と、黙っているぐらいの計算はできていた。

形岡のその褒めているつもりの徳山評はまだまだ続く。今日は、というか最近は、どうにも冗舌な彼女だった。

どうしちゃったんやろうか、と思いながら徳山は、最近の彼女のがっついた前傾姿勢に戸惑いもする。以前にここの副店長をしていて自分の直接の教育係でもあったころから比べても、クールさとか余裕がなくなった気がする。もっと言えば、おばさん化したように感じる。聞くところによれば、今はあちこちの店舗をヘルプとして回っていてそれは若いながらの出世コースということでしかしだからこそ、その精神的負担は重く、人間関係のしがらみはややこしく、労働時間は長くなるばかりで結構しんどい思いをしているらしい。そういうのが女性ホルモンに影響を及ぼしたりするんやろうか——とは、徳山の勝手な、二十歳そこその幼稚な発想だが——あるいは、あの初美の登場が自分の新たなモテ期の呼び水になったのかもしれない、というようなことも考える。うぬぼれた、いい気な考え方だがそういう現象は彼の経験上、ままあることだった。

「なんでも相談して。話したほうが楽になれるから」と、しつこいぐらいに言ってくる形岡に、

「はあ、まあ」と曖昧(あいまい)な返事しかしない徳山。

形岡は物足りなそうだが徳山にしたところで、相手の提案がむしろ彼女自身の好奇心を満たしたいエゴのためというのが見え透いているから、やはりそれ以上は何も言わない。欲しがらない。かつては無条件に尊敬できる、それこそ憧れの的であった人が、こうして切羽詰まっているのを目の当たりにして若干寂しく思うのみだった。

キッチンのバイトの男が入ってきた。手には樹脂製ステーキ台、焼きの音が弾けている鉄板。取り分け用の大スプーン。サイコロステーキにライスを盛った、まかない

の料理。たっぷりマヨネーズまでかけてある。

徳山の休憩時間が終わった。

水の少なくなった大ジョッキを手に席を立ちながら徳山は、初美を思う。——あいつのエゴはまだ見えない。いったい何を考えてんのかわからへんし、そこが怖くもあるけど、わかりやすくてがっかりさせられるというよりはいいかも。当然のエゴイズムや保身、自分が傷つかないように前もって半歩逃げをとっておく姿勢やらが初美からは感じられない。高台からダイブしてくるようなそれこそ「心が無防備」なところがあって、そういうのはこの連日、感心させられてもいた。新鮮と言えば新鮮だった。

形岡にはしなかった相談を、しかし他の誰かには聞いてもらいたい気持ちが徳山にはあった。

彼には、何かあったときに気兼ねなく話のできる相手が二人いる。

一人は中学時代からの友人で、もう一人は去年までいた予備校で知り合った年長者。居酒屋のバイト先の仕事仲間には、業務連絡を別にしては徳山のほうからは連絡しない。誘うのはいつも向こうから（で、断れない）。

家族——医師である父、専業主婦の母、すでに結婚した兄と姉——にも、自分からの連絡はまずしない。

気兼ねなく電話できる二人に連絡して、二人とも一回ではつながらなくて、メールを送り、先に折り返しの電話があったのは、菅野圭一という予備校時代の友人のほうだった。

徳山が尊敬して理想とする先輩。一緒にいて今いちばん楽しく盛り上がれる人。一歳年上で、徳山の現況と同じ三浪のうえで今春大阪大学に合格した努力の人。彼の成功を実際に目の当たりにしたからこそ今の徳山も、自身の孤独な受験勉強を頑張れている。

その日は、菅野が大学合格と共に引っ越した先の千里中央まで出ることにした。彼が「家に泊まっていってええよ」とメールしてくれたからだ。そういう日のいつもどおり、セルシー地下一階にあるインド料理屋で、常に何か心配そうな視線を送ってくるインド人店員たちを意識しながら閉店まで激辛チキンカレーを食べてカルーアラッシーを飲んでオニオンナンを食べてカシスラッシーを飲んで、それから菅野のアパートに向かう。途中のコンビニで必要なものを買って部屋飲みをする。

去年、予備校の夏期講習で初めて菅野を見たときには、ちょっとアクの強い人がおるな、という印象をもって遠巻きに見ていたのだけど、どうもその外見のアクの強さにもかかわらず、同じ予備校生の男女共に慕われているようで授業前と後とで数人に声をかけられていた。

梅田にあるビルの六階以上の、高三生・浪人生コースのフロア。噂で聞いていた「三浪生の菅野さん」は、夏は曜日ごとに別カラーの原色Tシャツを着て、秋冬は黒のレザージャケットを着て、暖房が強くても決してそれを脱がない。今では笑い話となっているレイバンのサングラス姿で、長髪で、ポニーテールにしてくる日もあった。

今やもうそんなエキセントリックな格好はしていない。髪は切った。サングラスは普通の眼鏡に変わった。ユニクロの服が多い。当時は度肝を抜かれて、それこそ「友達にはなられへんやろうな」と遠巻きに見ていた徳山だったが、大学に入って無難なスタイルに移っていった菅野を見て、本気でちょっと残念でもある。

夏期講習も終わったあたりでようやく徳山は初めて菅野に声をかける。それもそのつもりもなく無意識みたいにしてそっと「お互いハタチ過ぎてますから、酒も煙草もいけますね」と笑いかけていた。帰り道でいつも煙草を吸う彼を見ていた。それでその流れから二人きりの飲み会になだれて以降、仲良くなる。向こうも徳山を、あれが噂の二浪生か、と意識していたとのことだった。

菅野と仲良くなってわかったことの一つは、彼が表面的なほどには人間関係が豊かではないということで、あれだけ毎日の帰り際にいろんな男女学生に囲まれていた予備校時代だったのに、そのなかで今でも彼と連絡を取り合っているのはほんの数人で、女の子にいたってはゼロ、という現実だった。

ともあれ今、徳山が菅野といて楽しいのは、第一に彼から勇気をもらえるからだ。それは受験成功モデルを毎回目で確認することができるというだけでなく、菅野は恥ずかしげもなく（酔うと）徳山のすべての選択と行為を褒めてくれる（まあ簡単に酔う）からだ。徳山が三浪を決めたこと、同じ大阪市内なのに親元を出て一人暮らしを決めたこと、わずかな仕送りだけであとはアルバイトで生計を立てていること、今度は予備校に通わずに在宅での勉強の道を選んだこと、それらを菅野は気持ちのいい言葉で褒め尽くしてくれる。「それは正解やと思う」といちいち言ってくれるのが、自信のない徳山にとって嬉しいし、励みとなっていた。

ホットチャイで締めるインド料理店での話は、いつものとおり徳山の勉強法相談と菅野のキャンパスライフ報告の応酬に終始した。初美のことをなかなか言い出せなく、またこういう夜に限ってなかなか酔えない。そしてふと徳山は気づいたのだが、恋愛話とか、女についてあれこれ言うといったことすらこの菅野相手ではほとんどしたことがなかった。

店を出て、ひっそりとしたセルシー広場を抜け、千里中央の新興住宅地を歩く。円柱形の高層マンションが左右にそびえている。黄色く照らされる広い道路、新しい歩道橋、やたらな人工灯、やたらな坂道、人通りは少ない。十分ほど歩いてコンビニに寄って、そこを出たあたりで徳山はようやく「この前電話で言ったことですけど」と初美のことを切り出した。

　長々と思いつくままに喋って、やがて菅野のアパートの部屋。玄関のドアを開けているあいだも洗面所で菅野が洗顔しているあいだも、キッチンで菅野が有り合わせで炒め物料理をささっと作ってくれているあいだも、徳山は喋りつづけていて、しかし徳山はどうにも雲を摑むような歯がゆい思いをずっとしている。彼の喋り下手、説明下手は、徳山自身でもうんざりしきっているところだけど、今回のことはさらに話をするのが難しい。初美のことを説明しようとすればするだけ、話のポイントがどこにあるのか自ら見失ってしまう。自慢話？――と菅野に内心呆(あき)れられてるんやないかと空気の読めない徳山にも察せられたが、軌道修正せなと思えば思うだけ話はおかしな方向に行ってしまう。やたらに口数が増える。焦りが出る。初美のことをけなしたいのになんだか、初美にすっかり夢中で彼女のことばかり考えてしまう毎日です、という調子になってしまっていた。

「で、徳山はどうしたいの？」と菅野が訊く。

　どうしたいのかなんて徳山は考えたこともなかった。

　続いての質問、「その子、芸能人でいうと誰似？」

　よくわからない。

「その子のことが好きになりはじめてる？　付き合う？」

うつむいたまま、やがて徳山は顔が赤くなる。それは、照れてそうなったのか、付き合うという可能性があることすら考えなかった自分のうかつさを恥じてそうなっているのか。

うっかりしている、と、いつも自己嫌悪になるし指摘されることでもあるけれど、今回のことでいえば徳山は、初美のことを完全に見下しているつもりでこの数週間を過ごしてきて、しかしこうして菅野と話しているうちに自分がもうすっかり初美に心奪われているという構図にどうやら追い込まれているふうなのが、自分で情けない。否定したいけどその根拠がなかった。口で言うだけでは客観的な説得力がない。

数時間後、豆電球だけが灯る部屋のなか、ソファベッドでピーピーいう高音のいびきをかいて菅野は寝ているのだが、徳山は、ほんとのところ自分は初美のことをどう思っているのだろう、と、そんなことを今更あれこれ考えながら彼にしては珍しくもなかなか寝つけないでいた。

翌日、朝マックを二人で済ませてから菅野と別れ、電車に乗って揺られているうちに徳山の携帯電話がポケットのなかで震えた。初美からの着信。その画面を見て徳山はひどくいらついた。いらついた理由が自分にわかってさらに腹立たしい。――昨夜、もしくはつい数十分前までの、菅野さんが目の前にいたときに電話かけてくれたらよかったのに。そしたら目の前の菅野さんに着信画面を「ほらこれ」と示せたのに。眉（まゆ）をひそめながら証人である彼を意識しながらの、初美とのより高圧的な会話をたっぷり楽しむことができたはずなのに。

「今電車だから！」とだけ言い放ってから電話を切った。日曜朝の、始発駅である千里中央を出たばかりの車内に、ほとんど乗客はいない。声が空の車両に響いて消えた。

　席に沈む徳山は、自分がどんどん卑小（ひしょう）な男に成り下がっているのを意識する。

　一時間足らずの後、まるで計ったかのように徳山が自室に入って落ち着いてからのタイミングで、初美からの再連絡があった。

「さっきはごめんなさい」とか「昨日はどうしてました？」などの呼びかけを軽くあしらいながら徳山は、もうどうでもええわ、という気になる。

　それであっさり、

「前言ってた動物園行こうか？　神戸の、パンダが見れるとこ」と誘った。

　ところが意外な拒絶にあう。

「いや、それがですね、王子動物園には、旧ハンター邸って見どころがあるんですけど、それが一般公開されんの次、八月なんですよ。だから今は待ったほうが……」

　一も二もなく食いついてくるはずと高を括（くく）っていたから徳山はちょっと傷つく。

「じゃあ、ま、ええわ」と、つい拗（す）ねたように答えてしまう。

「いや、そうですね。わかりました！　なんでもないです。そう、それはそれで八月にまた行けばいいだけの話ですもんね。鉄は熱いうちに打て、ですもんね。すみません。ごめんなさい行きましょう、動物園行きましょう。コアラ見ましょう、パンダ見ましょう」

追い込めば慌てるし、逃げればちゃんと追いかけてくれる。足を出せば引っかかって転んでくれるし、謝れと言う前にもう平謝りしてくる。これが計算ずくならもはや敬服に値するし、どちらにしろ、ともかく、俺はこの女の剝き出しな神経が心地いい。

約束の日。平日午前。十三駅西口。券売機の前。

初美と直接会うのは客として店に行ったとき以来だった。だから私服の彼女を見るのも初めてなら、そもそも顔をぼんやりとしか思い出せなくて相当の美人やったという印象しか残ってなかったから、なんだかやたら緊張する。この緊張をまだ恋心とは認めたくなくて徳山は、夜の女は怖いから気をつけよう、となぜかそんなことばかりを自分に言い聞かせている。お金の払いには気をつけなあかん、奢ってばかりなのは相手を調子に乗らせるかもしれんし、払わせすぎんのも男としてみっともない、七割ぐらい自腹なんがちょうどいいかもな——そんなシミュレーションで頭をいっぱいにしていた。

そこに元気な声。

「早いですね！　まだ十分前やのに」と初美が現れた。

ああこんな顔やったわ、と納得し、でもこういう系統やったっけ、と疑問にも思う。前に店で会ったときには、ちっこくて、どちらかといえばかわいいタイプの子やとの印象だったのに、今、目の前にしててんのは身長は一六〇センチぐらいだけどでもそれ以上に存在感のある、しょんべん横丁というひどすぎるネーミングの通りを前にしてこんなに華のある、さすがの「淀川区と西淀川区と東淀川区でいちばんの美女」というところか。大きなネコ目、少しめくれた上唇、そういうのが色っぽい。歯が目を瞠るほどに白い。歯がかわいい、ということがあるんやな。

「家近いから早めに着いてん」と思わず徳山は乱暴すぎる言い方になっていた。

「私もそんなに遠くないんですよ。これからはもっと頻繁に会いましょうよ」

電話と違ってイニシアチブのうまく取れないことを徳山は感じる。

初美がするっと徳山の左腕を取ってきて、ふふ、と含み笑いをする。

「やっぱりかっこいいですね」

「もっと言ってくれ」と徳山は軽口で返し、初美を笑わせた。しかしそれは冗談ばかりでもなく、そうやって定期的に褒め上げてくれないと自信のバランスが取れない。

それでも神戸線のホームに阪急電車のあずき色の車両が入ってきて、そのドアのガラスに映る二人を見て徳山は、背の釣り合いはまあ取れてるかもしれない、と思う。揺れる車内で、なんとなく他の乗客たちの視線を感じ、またやはりガラスに薄く映る自分たちの立ち姿を何度か確認し、――うん、まあパッと見はお似合いの二人なんかもな、とだんだん心が落ち着いてくる。車窓の外、神崎川を越えて、並木道が多くなって、やがて大阪らしさの抜けた街並になった。

西宮北口駅でホーム向かいの普通電車に乗り換えて、王子公園駅に着いた。駅を出る。直射日光に、吹く風はない。今日は真夏並みの暑さになるのだと隣の初美が教えてくる。雲のない青空の向こう、古い観覧車がゆっくり回っている。さらに遠くに六甲山地の深緑。近くに学校が多いから制服姿もちらほら歩いている。澄ました感じの背筋の伸びた学生たち。

年季の入ったゲートが見える。大人一枚六百円の自動券売機では初美がさっさと二人分のチケットを購入していた。園内に入る。徳山にとってはこの王子動物園に来るのは初めてで、動物園そのものも小学生以来だった。

園内の広がり。平日でも家族客が多かった。

「うわ、動物園に来たって感じするわあ」と徳山。「この臭い！」と声を上げ、続けて「動物園の始まりはフラミンゴって、どこもそうなんかなあ」と、やいのやいの言う。口数の多くなっているのは自身興奮している証拠だ。

入口すぐに置いてあるパンフレットを開き、コースを考えようとする徳山の腕を初美は引く。

「まずはこっちです」と言う。左方向に誘う。この動物園にずいぶんと詳しい初美だった。コアラの食事時間を事前に把握し、科学資料館のゲームコーナーにあったパンダクイズのその上級編に全問正解した。

実際のパンダを見て、しかし徳山のほうこそ大いに興奮する。

初美と徳山がそのエリアに入ったとき、ちょうどパンダは大きなタイヤの輪のなかにお尻を落ち窪ませていて、どっこいしょと笹の葉を食べていた。葉を食べつくすと次は枝をかじり取り、枝の次は幹から茎を噛みしだいている。

「オッサンやん!」と徳山は声を張り上げていた。「居酒屋のオッサンやん、スルメしごいてる中年サラリーマンやん」続けて「かわゆすぎるわ、たまらんわ。体重八十五キロって、やっぱオッサンや。たまらんわ」と、はしゃぐ。エサ場が大きな体重計となっており、その数値が後ろの電光掲示板に出ていた。

そして初美の話していた旧ハンター邸。現存する神戸の異人館のなかでは最大規模の、明治時代の洋館。館内公開の時期ではないから白い壁の外観しか見られない。そこで正面の屋上庭園に初美は徳山を誘った。階段の長さに徳山はぶつくさ言う。太陽の光の遮るものがない屋上には、他に人の姿はまったくなかった。ベンチがいくつか並んでいるが、焼けついてそうで座る気になれない。ただ正面からの、高さのある位置からのハンター邸全景を初美は徳山に見せたかったようで、彼は彼女のその意図に素直に従ってしばらくそこに並んで立って、たたずむ。そういえば職業が職業やのに日焼けとか気にせんでいいんやろうか、と徳山は気にするが余計なことかとも思い、口には出さなかった。

「これ、内部はどんなふうなの？」と徳山が訊く。

「どうって、まあ、映画のセットみたいです」と褒めているのか、けなしているのかわからない。

白壁の洋館に、緑の深い六甲山地。照りつける太陽。動物園の臭い。吹いてきた風。隣の初美の薄い香り。初美はもうずっと徳山の腕の関節部を握っている。汗をあまりかかない徳山だが、長く同じ柔らかい部分を握られているとさすがに汗がにじんできて、気持ち悪いだろうにと思うのだけど、すがりつくような彼女の腕の取り方でもあった。

遊園地エリアに降りてソフトクリームを食べて、観覧車などは二人の合意として通り過ぎる。最後のサバンナエリアにて、象の大きさに感心し、だらけたライオンなどの猛獣たちを見て、動物園を出たころには正午に近くなっていた。

駅前の中華料理屋に入る。徳山がそこに誘った。

店内は広くない。料理人はすべて中国人でテーブル席を占めていた客も中国人だった。初美に苦手なものを訊き、特にないと言うから徳山は勝手に次々と注文する。一人で店に入ったときにはメニューを相手にいつまでも逡巡する徳山だったから、デートのときにはあらかじめネットなどで調べて注文するものを決めるようにしていた。

宙で交わされる中国語の傘の下で、ピータンや海鮮おこげ、鳥の唐揚げ、ぷちぷちとした飛魚子がたっぷりの炒飯、チャーシューの豪勢なローメンを、自分で頼んでおきながら「この暑いのに」とか「注文しすぎ」と文句言いながらも忙しく、分け合いながら、ほふほふと食べつくした。青島ビールを二本飲んだ。五千円以上したそのランチを、しかし初美があっさり全額支払う。徳山はそのとき自分もいくらか払おうかとは言わなかった。そんなつもりでいたわけではなかったが初美の行動が速くスムーズで、うまく割り込めなかった。これでいいのかなとしばらく放っておいたがしかし、ちょっとあんまりにもみっともない、という後悔が駅のホームで待っているうちに重くなり、次の機会で必ず払おう、と決める。それで、じゃあその次の機会をどう作ろうか。

帰りの阪急電車の、冷房の効いた車内。舗装された坂が窓に迫り、緑の枝葉が過ぎ去る。時折、差し込む日光。停車する小駅の品のよさ。モスグリーン色の座席は空きが多かったが二人はドア付近に立っている。立っていたいのは徳山が、満腹感と青島ビールの酔いのために急激に襲ってきた眠気に対抗するためだ。

高層タワーの狭間にぼんやりと海が見える。東神戸大橋が見える。

「でも、おいしいもんはもう全部十三に揃ってるから」と徳山は言っていた。グルメなんですね、との初美の言葉を受けてのことだった。「たくさん食べる人、私好きです」というよくある褒め言葉もあった。自分がグルメかどうかはともかく、お金を払う次の機会を徳山は、自然な会話の流れで作りたい。また、熱弁振るうことでこの眠気を払いたくもある。

「十三には関西イチおいしいつけ麺屋に、関西イチのお好み焼き屋、関西イチの沖縄料理屋もあるし、あとそれなりの焼鳥屋に焼肉屋、さっきの店みたいに中国人がやってる中華料理屋もあれば、韓国人のやってる韓国料理屋もある。しょんべん横丁にはタイ料理屋もある。もうだいたい全部十三にあるわ。他行かんでもいい」

「地元愛が強いんですね」

「え？　俺？　いや全然。全然、全然。やめてよ、ないよそんなの地元愛なんて。ないない。大阪なんて大嫌い」

笑う初美。

「いやマジで」

「そう。でもちょっと安心しました」

「何が？」

「私も、大阪なんて好きじゃないです。じゃあ、どこやったらええのんって訊かれてもわからへんけど、神戸も京都も奈良も、結局どこも私なんかに向いてないのやろうけど、とにかく大阪愛に欠けてることは言える。嫌い。大阪人気質とか、合わへん、徹底的に」

その大阪に向かう電車のなかで何「嫌い嫌い」言うとんねん、しかも大阪弁丸出しで、と徳山は思うけれど、何かしらに毒づくのは目覚ましに効果的だった。

しかしやがて初美が気づく。

「疲れました？　座ります？」

もう逆らわずに徳山は、すぐそばの端の席に座る。

初美も隣の席に座ると思ったが彼女は立ったままで、肘掛けに置いた徳山の腕の上にそっと手を添える。ゆっくりと柔らかく、さする。

徳山は眠りに入る。眠りと現実の狭間で彼は、――このまま、ありきたりな関係になってまうんやろうな、と考えていた。そしたらもうずるずると行くとこまで行くんやろうな。もうちょっとこの、どっちつかずの関係を楽しみたいのもあるのにな。

ありきたりな関係にはすぐなった。その日のうちになった。

徳山の家。床敷きの布団に、細身の二人をゆうに覆うブルーのタオルケットのなか。裸の二人。徳山は、初美の軽さに驚いていた。訊けば四十キロないと言う。

「さっきの子パンダより軽いんちゃう？」

遅い夕食として、つけ麺屋へと徳山は初美を誘った。踏切を渡ってハローワーク通りを突き抜けて、その店に入る。気持ちのいい店員の挨拶。食券を購入する。今度こそはと徳山が奢った。たかが知れている金額だが。

つけ麺二人前、徳山は大盛りの味玉子付きと、初美は普通サイズのトッピングなし。茹で時間に十分かかる極太麺はつやつやして、割り箸で持ち上げた見た目も綺麗。歯ごたえよく、とろみのある魚介豚骨スープがよく絡む。一味唐辛子で味を締め、後半は玉ねぎのフルーツ酢漬けを投入して変化を楽しむ。冷えたコーン茶がまた素晴らしい。

徳山はいつもここの麺大盛り（ときには超大盛り）を食べきったあと、残ったつけ汁をスープ割にすることもなくそのまま飲み干す。店を出るころにはお腹パンパンで昏テッカテカで、もうしばらくは麺類なんて見たくもない、とヘトヘトになっているのだけど、やはりつけ麺やラーメンの魅力とはその中毒性であり、それほど日数も経たないうちに、このドロドロしたこってり味をすすりたくなる。

店を出て初美が、

「ホンマにすごい量食べるんですね」と言ってきた。

「まあ、痩せの大食いやね。でもそっちもよう食べたよ」

十三の、九時を過ぎたばかりの、落ち着いた夜。梅田や難波ほどにはざわつきは多くないが、駅のほうから横丁を抜けて、安っぽくて雑駁な波の泡が寄せては来る。ここに下町風情はない。風俗街としても染まりきってない。うるさすぎないし、品位が地に落ちているというのでもなかった。歩いていて期待も高揚もさせない。しかし徳山にとって、十三の夜は心寂しくならないものだった。夜の装いにも疎外感を覚えさせない町だ。

このままお別れかと思いきや、初美が、

「どうです？　このまま、うちに来ません？」

「でも仕事は？」と徳山は思わず問い返す。

「あったとしても休みます。……徳山さんは？　明日の予定」

「ない。勉強だけ」

「来ます？　うち」

「うん、まあ、じゃあ」そして今更の照れ笑い。

ふっと初美がタクシーを呼びとめた。徳山を先に乗せ、自分も乗り込み、運転手に行き先を告げる。淀川にかかる十三大橋を越え、中津方面に滑るタイヤ。光る街並。茶屋町の付近へと迂回して、天満のほうに向かう。南森町。二十三階建というタワーマンションの前。タクシー代は徳山が無理に払った。そしてこのときわかったのは、どうも押し問答というものが初美は嫌いなようだった。

オートロック式のエントランス。エレベーターの十一階のボタンを初美は押す。

「こんなとこ、緊張するわ」と徳山は言って初美を笑わせる。実際にはさほど緊張も萎縮もしていない。彼女の横にいてはどこでも萎縮するということが少なく、中和されていた。

先ほど着直したばかりの服をまた脱ぎ、そして先ほどの薄い布団とは違う上質のベッドになだれ込み、今度は余裕をもって果て、徳山は心地いい痺れを伴った疲労感に漂っている。

改めて、徳山は初美の部屋を見渡す。1LDK。すぐに洋室のほうに舞い込んでいたから徳山はまだリビングのほうを見ていない。ただこのベッドルームだけで徳山のアパートの部屋と変わらない広さがあった。女の子っぽくないが、かといって男の部屋のものとは異なるシンプルな内装、置物、家具調度品。ヌイグルミなどはない。

部屋のなかで目立つのは、スチール製の大きな本棚。それがデザインなのか、補強や軽量化のためなのか、留め具や丸穴などが多く、本棚そのものが見た目にガチャガチャしている。不用意に手を差し伸ばせば噛みついてくる機械生物のような冷たさがあって、地震なんかで倒れてきた場合の殺傷能力は高そう。

おぼろげにずっと違和感のあったその本棚の前に、徳山は立つ。ぎょっとする。並ぶ本のタイトルには「殺人」「残酷」「地獄」「猟奇」「拷問」「虐殺」といった、おどろおどろしい文言が多くひしめいていた。「！」マークがやたら多いし、フォントもいちいち返り血を模したような仰々(ぎょうぎょう)しさだ。

「こんなもんが好き？」と徳山は、背後で横になっている初美に訊く。

初美は頭を起こして肘枕(ひじまくら)になり、

「こんなもん、って？」と目覚めたてのような鼻にかかった声を出す。

「この『殺人の』なんちゃらとか、『虐殺の』なんちゃらとか、『拷問百科全書』とか、なんか悪い夢見そうや」

「ああそれ」と初美は微笑み、「私は、ですね」とベッドの上で、ふううっと大の字に伸びをしてから、「そこに人間の悪意をすべて陳列したいんです」と言う。

「ん？　は？」

初美の言うことの意味がわからない徳山だったが、本棚を見ているうちにやがて、これまでになかった別の感情を彼女に対して覚えるようになる。それは、劣等感だった。

すなわち、そこにぎっしりと詰められている本の背表紙には、確かにいたずらなセンセーショナル本も大量にあるのだが、そうではない、名だけかろうじて徳山も知っていてしかし手をつける気も起こらない「フロイト」であったり「ユング」であったり、「ニーチェ」や「マルクス」といった名前が著者名やタイトルに複数確認でき、あるいはそれ以外にも聞いたことすらない難しそうな厳めしい名前の彫られた書籍はもっとたくさんに、その金属製の本棚に強固な城壁のようにして敷きつめられていた。全体として一見して、歴史書や精神医学の類が多そうだったが、なかには経済学や数学の本らしきもあった。

一つ確かめる。

「これ、全部読んだん?」

「本棚に整理してあるのはだいたいそうです。読んでないのはそこの床にある段ボールにまとめて入れてます」

視線を落とすと、大きめの段ボールが確かにあった。本を大事にするタイプではなさそうだ。

「ものすごい読書家やね」と、一つ認める。

「いやいや」

この敗北感はこちらに偏見があったせいだ、と徳山は考える。

一つ気づく。

「小説は読まへんの？」

「はい、眠たくなってしまうんですよ、私」

「ＤＶＤとかも置いたるやん……ってなんやこれ、ホラーばっかりやん」

「ばっかりってわけやないですよ」

「いやホンマや。ていうかホラーはまだええとして、なんやねん、ふっるいエロ映画とかあるやん！　オッサンか！」

きゃはは、と初美は天井に歯を見せて笑って、じゃれあっているのをまだ続けているみたいに楽しそう。

「日活ロマンポルノですね。最近ハマりだしたんですよ。いいですよ、侘(わび)しくて、切なくて」

「ＣＤもマイナーなんばっかり。なんや『村八分』って。自ら名乗ることか？　……お、ハングルとかもあるやん。でもこれもどうせ最近のＫ－ＰＯＰとかじゃないんやろ？」

「はい、大韓ロック、ポンチャック・ディスコとかアシッド・フォークとかですね」

「何言うてるか全然わからん。どんな音楽か想像もつかん」

また初美は、きゃっきゃと笑う。こんな、小学生や幼稚園児がするような無邪気な笑い方もできるんや、と徳山は思う。

「カンボジアのロックもあります」と彼女は言う。「普通にかわいいですよ。その女性ボーカルはポル・ポトに虐殺されちゃったりしてバックボーンも壮絶やし。あと、普通にフィンランドとかアイスランドのバンドもあります」

「わお、ワールドワイドやね、――って、そっちの言う『普通』が俺にとって全然普通やない。……こんなんどうやって知るの？　情報収集は？」

「まあ、ネットとか好きなブログとか」

ふう、と徳山はため息をつき、

「やっぱ変わってるわ、あんた。相当変わってる」

「うん、でも、やめてほしかったら、すぐにでもやめます。捨てろと言うなら明日にでも全部捨てます」

「私は」と続ける初美。所詮、物ですから。「ありのままの私を愛して――なんてことは言いません。けして言いません」

「いやいや、ちょっと、ちょっと待とう」

「駄目ですか？」

「駄目なんて、ひとっことも言うてへん。いや、初美はそのままでええよ。そのままでいいですから。ていうか、知り合ってまだ間もないし、個性的なのも、なんて言うか、まあ変わってて、ええよ。おもろい。ま、若干引いたのは確かやけど。だって、女の子の部屋で『濡れた欲情』なんてビデオ見つけたら、ねえ?」

リビングには、ビデオデッキとブルーレイ再生機と液晶テレビが置いてあるが、アンテナは引いてないとのことだ。だから彼女はテレビ番組を長いこと見ていない。芸能界の話題に疎い。

「初美の趣味は趣味で、個人で楽しむぶんには一切構わへんけど、ただ、俺のいるときはホラー映画とか流さんといてね。俺、あんなん大の苦手やねん。血とかドバッと出るやつ。脅かし系のやつとかグロいやつとか。あと、うるさい音楽も勘弁。ていうか基本、俺、音楽全般がうるさく聞こえんねん。だからできればノーミュージックで」

「了解です、問題ないです。愛してます」

窓からの夜景。普段から「高いところが好きなバカ」と自己紹介していたぐらいの徳山だったのに、今になってやっとそちらに目がゆく。はめ込み式の広い窓の外、中之島のほうに向かっての夜景がきらびやかだ。

「あ」と徳山は視界の端でそれに気がつく。本棚から取り出して「うわ『女工哀史』

やん」と声を上げる。「知ってるこれ。テストに出るやつやん。細井和喜蔵やん、わきぞう、わきぞう」

ベッドから裸のまま初美がするりと出てくる。隣に立った。そして言う。

「これですね」と徳山からその単行本を受け取る。「なかなかおもしろいですよ」と本を開く。そこには付箋がいくつか貼られてあって、そして初美は、

「読んでみたらいいですよ。試験に役立つかもしれませんし、単純に、おもろいです」と付箋の一つを選んだ。「明治三十五年ごろは、十二時間労働が基本で、でもなんだかんだで十八時間、ひどいのは三十六時間も連続で立ちっぱなしで仕事させられたんですって。すんごいですね。で、十代の子が多く働かされてたと」

「あと、これが傑作なんですけど」別の付箋のページに移る。「コレラ感染の疑いのある患者の女工を工場側が次々と殺してまうんです。隔離用の汚いバラックで騙して毒薬を与える。女の子たちもすぐに気づいて必死で抵抗して、でも押さえつけさせて無理からに飲ませる。弱ったところをその死亡を確認せずにどんどんと運ぶ。火葬場でとっとと焼いてしまう。連絡を受けて田舎から出てきた親に、伝染病だから警察の命令で急ぎ火葬にしました、と言いのける。数百人がそうして焼かれたそうですよ」

それで初美は『女工哀史』を棚に戻す。

徳山が、

「まあ、すごいね」と大雑把な感想を口にする。

「でもある意味、今も昔も変わらんでしょ。やり口は同じでしょ。規模が違うだけで」

「さあ」

「知ってますよ、私。聞いてますもん、いろいろ」

「何を？」

「徳山さんの働いている職場でも、サービス残業は当たり前でシフト管理はめちゃくちゃ。バイト任せの店長はゲームのために遅れて出勤。セクハラ・パワハラ当たり前。そういうの、聞いてます」

「まあでも、どこもそんなもんなんちゃう？　特に飲食は。サービス残業も普通やし。それにそんな『女工哀史』の時代と比べたら、やっぱり今のはだいぶまともやろ」

「昔と比べて今はマシやから耐えなあかん、ってのは考えなくていいです。苦痛で悲惨なのは今も昔も変わらないです。早く焼き殺されるか、長くじっくり炙られて殺されるか、それだけの違いです」

ふうん、と徳山は曖昧にうなずく。

「この雑誌」と初美は下段の棚から大判の雑誌、経済誌を取り出した。「この特集号には今をときめく経営者たちの、成功者たちの、半生とかインタビューとか載ってまして、それもまあひどいです。ひどい、すごい。綺麗ごとの嘘ばっかり。もしくは、ようそんなこと言うな、って感心するような暴言の数々。まあ、ブラック企業とか格差社会とか注目される前のものやから言えたんでしょうけど、それにしてもひどいです。さっきの『女工哀史』の経営者たちと基本変わらん。不正は方便、法律なんか足枷、自分たちのしていることは国家のためなんだから文句言うな、鬱になるのも過労死も労働者の自己責任、勝手に座るな勝手に休むな勝手に飯食うな、勝手に生きるな勝手に死ぬな、――って、そんな具合。いい感じです。いい感じで、最低で下劣です」

　こんな話をずいぶん楽しそうにするんやな、と徳山は感じていた。ひどい、とか、下劣、とか言うときの初美は表情を歪めたりしない。むしろ楽しそうだ。うきうきしてさえ見える。

　本棚の下段の一角は雑誌コーナーになっているようで、「プレジデント」や「東洋経済」などの経済誌、女性週刊誌、それからコンビニなどで売っている実話系雑誌なんかも並んでいた。

　初美は、今度は文庫本を取り出して「まあ聞いてください」とそれを開く。そこにも付箋がいくつか貼られている。「人類なんてものがいつの世も、どの地域に生まれても、本質的にあまり変わらずに、どいつもこいつもクズばっかりっていうのがこういう本読んでるとよくわかります。ていうか、そういうのを読むと私は安心するんです」

「安心すんの？」

「しますします。雨の日の夜なんか最高ですよ」

「ホンマか」

「ホンマです。証明します。今から読み聞かせますんで、まあ聞いててください。飽きて疲れたら、横になってもらって構わないんで」

開いた文庫本を初美は掲げ、

「まあなんでもいいんですけど例えば、この本にはアイヌの悲劇が書かれています」

と言う。「世界中のあらゆる先住民がそうなように、アイヌも、侵略者に言葉巧みに騙され奪われ、強姦(ごうかん)されて、そして無残に大量に殺されてます。贈られた酒を喜んで集落みんなで飲んだらそれが毒入りだった、とか、男たちを遠くの漁場に出稼ぎのためにと移らせといてそのあいだに村に残った女たちを手籠(てご)めにした、とかそういう話があります。男に昼も夜もない仕事を課して、やがて過労で死んでもその死因の正確なところを故郷には知らせない、これはさっきとおんなじ、まあ今も一緒ですね。で、手籠めにした女には堕胎(だたい)を強制する、梅毒をうつす、梅毒の症状のひどくなった女は山に捨てる、女はそれで鼻が落ちて顔が腐って、同胞のわずかな施しでようやく生き永らえる。梅毒のような、それまでその土地にはなかった伝染病のせいでアイヌは五十年で人口の三割を失ったんですって。三割って」

すらすらと滔々と語る初美。徳山にとっては、頭のなかにすんなり入ってこない単語もある。

初美は手にしていた文庫本を棚に差し戻して、言う。

「まあ悲劇やゆうても、とことんまでいくと、わけわからんくなるもので、例えばチンギス・ハン。教科書では習わないこの人の殺戮者としての徹底ぶり。この分厚い本……」と、裸の初美はしゃがんで、先ほどの雑誌類が置いてあるのとはまた別の下段にある百科事典ほどの厚さの本を取り出す。目次を見て、該当のページを開いて、しゃがんだままだから徳山を見上げて、

「ここのチンギス・ハンの項目には、ざっとこうあります。

――殺した人間の首を、男、女、子供、に分けて三つのピラミッドを作るよう兵士に命じた。次に生存者が食すかもしれない生き物、犬や猫なども残らず殺すことを命じた。

――城を攻める兵器を持っていなかったチンギス・ハンは、捕らえた民間人を集めて人間の盾とし、矢を防いだ。守備隊はすべての矢をこの民間人を殺すのに使うか、矢を打つことができなくて降伏するかのどちらかしかなかった。

——ある女性が略奪者から真珠を隠すためにそれを飲み込んだが、無駄な努力だった。捕まるとすぐに内臓を切り取られ、そのなかを探られた。またその日から、他の死体もすべて切り開かれ、詳しく調べられることになった」

そして初美はまた顔を上げて徳山を見る。しゃがんで膝を抱えて、流麗なのは背中のラインだった。飛び石のような背骨の隆起。膝頭の丸み、輝き。上から見る彼女の乳房、その乳首。上目遣いの瞳は子供のように爛々としている。

「ちなみにこの本には歴史上の征服者たちの、その殺した人の数ランキング、ってのがあるんですけど、そのなかでも彼は『四千万人』と優秀な成績を残してます。ちなみにヒトラーは『四千二百万人』ですって。どういう計算方式なんでしょうね？　とにかく、私は、数字フェチみたいなところがあるからこういう単なる数の羅列にも感じるところがあります」

「ま、モンゴル人ばかりを責める気なんて毛頭ないんで」と、初美は言葉を区切る。

「いやそもそも、私は誰のことも責めるつもりないんですけど、まあ公平を期すために、次は他の国の人の話にしますね」

そう言って初美は厚く重たい本を「うんしょ」と戻してから立ち上がった。唇に指をあて、考える仕草をする。長時間を二人とも本棚の前でこうして一糸まとわぬ姿でいる、という構図のおかしさを徳山は思う。

「知ってました？」と、これは本を手に取らずに言う。「ナチス政権下、強制収容所で死んだ囚人の口から金歯を抜き取るようになったのは、ある大学院生の博士論文がきっかけなんですって。たかだか大学院生の論文で」

そしてまた「うーん、どれにしよ」と本選びに悩んでいる様子の初美は、指が長い。唇が、暗がりにぼうっと紅い。痩身だが乳房は決して小さくない。肩はなだらかだ。間接照明の仄明るさはまるで蠟燭の火のように、初美の全身を照らし、凹凸や曲線をはっきりとさせていた。肌の張りを光らせる。その丸みや柔らかさや抱き心地を、徳山は想像する。まるでまだ触れたことがないみたいに、隔たりすら感じる。浮き出ていいはずの肋骨がそこには見られない。そして上向いた乳房。だからか病的さは感じられないが、でもやはり、見ている徳山を考え込ませてしまうほどに細い。内臓がどう収められているか不思議なほどだ。——と、徳山はつい、そこの繊細な切り開きを連想してしまい、頭を振る。しかし、血なんか出ないんやないか、動くピンクの内臓を晒しても笑顔のままでいるんやないかこいつ、とまで想像が広がっていた。

次の本に手を伸ばして初美は、

「今度はまあ、おフランスの人なんかがいいですかね。まあ初級編で」と言う。「ジル・ド・レ、って知ってます？」

「いや」

今度の本にも、あるいは書棚を見れば他の多くの本もそうだったが、付箋が何枚も貼られている。

「ジル・ド・レ、名前もいかにもそれらしい貴族閣下。あのジャンヌ・ダルクと共に戦ったフランスの元帥さんで、当時フランス随一の財産持ちやったらしいです。彼はある意味、先駆者として人気モンなんですよ。彼は、たくさんの少年を、選んで美少年を、たまに女の子も、誘拐して凌辱(りょうじょく)して、なぶり殺しにしました。下は七歳から。八百人からそれ以上殺したって当時の裁判記録には残ってるそうです。少年の腹をかっさばいて腸を取り出して、そこ目がけてみんなでマスターベーション大会とかしたそうです」

マスターベーション、なんて単語を初美の口から聞いてそちらのほうが徳山の耳には衝撃だったりする。

「そやけどねえ、私思うんですけど、このジル様、この人自体は別にたいしてユニークでもなんでもないんですね。というのも、近代以前にはこういうのが全然普通やったから。まあ聞いてください。

――これらの大量殺戮、それが日常茶飯事的なものであったということについては、レームの大司教ジュベナール・デ・ジュルサンの文を参照すると明らかである。

――村のなかで物資の調達に当たる兵士たちは、年齢、性などの区別もなく老若男女を捕らえ、人妻や娘を強姦する。彼らは人妻や娘の目前で、その夫や父を殺す。彼らは乳をやっている母親を捕らえて行き、小児を後に棄てて行き、ためにこれらは餓死してしまうのである。彼らは妊娠中の婦人を捕らえては鎖につなぐ。女たちがそのままの状態で子供を生み落とすと、洗礼も受けさせぬままに死なせてしまう。しかるのち、母と子を川のなかに放りこむ。彼らは僧、修行者、教会の役員、労務者などを捕らえてはいろいろな仕方で鎖につなぎ、拷問にかけた上にさらに叩く。おかげで不具になったり、発狂したりしてしまうものも少なくない。壕や、蛆虫のうごめく身の毛のよだつような場所に人々を投獄し、さらに鎖につないだりする、死人も出てくる。しかもその扱いの苛酷なことよ。生きながらにして焼いたり、歯をねじり取ったり、太い棒でたたきのめしたり、いずれにしても、みな有り金どころか、それ以上のお金を何とか集めない以上釈放されることはないのである……

だからユニークなんはジル閣下その人やなくて、その生まれた環境や立場のほうですね、結局。フランスでいちばんの金持ちで大貴族で、権力たっぷりで、そんなんだったら多少の変態性の素質さえあれば、まあエスカレートしますよ誰だって。実際このジルの祖父も、劣らないほど残酷やったらしいんですけど、でもおじいさんはそれをうまくやった。孫は調子乗って聖職者にまで手を出したから逮捕されちゃったけど、当時は身分の低い人間がいくら殺されてもたいして騒がれない社会で、だからおじいちゃんのほうは大往生。他にも虐殺の報いをこれっぽっちも受けずに幸せのまま死んだ貴族は世界中にたくさんいたんでしょうね、歴史に残らなかっただけで、噂や伝説のレベルで残っただけで。それこそ、グリム童話の世界に転じておしまい」

初美は本を閉じて、戻す。

「そういや、ジャンヌ・ダルクの扱いだってひどかったですもんね、人類。ジャンヌがちゃんと女であるってことを示すために刑執行の兵士が長槍で、燃えてきた衣服の裾をめくってその下半身を大衆に晒したって話もあります。ルイ十七世の坊やに対する人類の仕打ちもすごかったし、ある意味興奮しますよね。滅びろ人類、って素直に思える」

貧血症のふらつきを徳山は覚えるが、後ろのベッドに腰を下ろそうとは考えなかった。こうして立っていたい。こうして初美のそばに立って、彼女のする残酷話に耳を傾けていたい。グロ嫌いの彼は本来ならこんな話は耳をふさぎたくなるはずなのに、彼女の声を通して聞くぶんには気持ち悪くなるどころか快くすらあった。

「ついでやから、中世の魔女狩りについても紹介しときますね。うん、大量殺戮にはその土地の文化が反映されます」

そして初美はまたしゃがんで、下段の隅のほうを探している。つるりとした背と、小ぶりな尻とをこちらに向ける。先ほどから初美がしゃがむたびに、その背骨の小さなこぶの一つ一つからなぜか徳山は目が離せなかった。小刻みに震える劣情の下半身に降りてゆくのが感じられる。

新書サイズの古びた本を手に、裸の初美はぴょこんと立ち上がる。その新書にはこれまで以上にたくさんの付箋が貼られていた。

「魔女狩り」と彼女はますます楽しそうだ。「十六世紀から十七世紀にかけてがそのピークです。世界各国で合計三十万人処刑されたって説もあれば、九百万人殺されたって説もある」

ページを素早く器用に繰りながら、先に進んだり後に戻ったり忙しくしながら、初美は内容を紹介してゆく。

「まあご存じでしょうけど、魔女裁判なんて裁判があってないようなもの、無実の山で、というか当然すべて冤罪（えんざい）で、密告推奨、密告の嵐。ひどい拷問での、あるはずもない罪の自白。後半期には、財産没収がその目的になる。ターゲットを絞る。手段が適当に強引になる。また、ショービジネス化もしてそのお祭りを見に行くために殺到して、馬車の交通事故で死んだっていうアホな野次馬もいたそうです。

『魔女の判別方法ですけど、まず、裸にします。『魔女マーク』を見つけるためです。『乳房、または陰部にあるのが普通である』って当時のマニュアル本には書かれてあったりします。やらしいの。むっつりスケベ、ですよねえ。裸にするだけやなくて全身の毛を剃っていきます。ちなみにジャンヌ・ダルクもそうされたらしいです。それから鞭打ちですね。男性は興奮するのでしょう。次には、全身に針を刺していきます。これで痛がらなかったり血が出なかったら魔女確定。針刺し師っていう専門の職業もできて、なかには『魔女狩り将軍』と呼ばれたカリスマも出てきたりして、かなり稼いだそうですよ。あくどいのは刺すと針が引っ込む式の特注品を作ってそれで荒稼ぎしてたそうです。魔女一人発見するといくら、って報酬金が貰えるから。

密告すれば刑罰を軽くしてやろう、という囁きはいつの世も同じですね。それで、七歳と八歳の息子二人が我が母親を密告したって例があります。告げ口しないのは強情の罪だとして、苦しんで時間をかけて死ぬよう薪に工夫されたりした。

信仰心の篤い人ほど自分の潔白を信じて疑わなかったから、神様がきっと私を助けてくださるだろう、と、だから心配することないと家族にも伝えて、でもほとんどの被疑者は家に帰れんかった。最初のうちは裁判官や審問官に向かって『どちらが本当に地獄に堕ちるか、よくよく後悔しないよう注意なさい』と威厳を保ってみせても、結局は無駄。一方でそうして呪いの言葉をさんざん浴びたはずの、裁いた側の人間たちは、あの世のことはともかく少なくとも現世では、平和に権力を保ったまま後悔なしに一生を全うした。ある審問官なんて、魔女認定のその子供たちを焼き殺さなかったのは『最大の悔やみだ、寛大でありすぎた』なんて晩年に言い残したりしてるんやから、はい、因果応報とか天罰なんて、そんなもんありゃしませんね。

　魔女の拷問にはさまざまあります。『指絞め』があり、『焼きゴテ』があります。『鉄の靴』ってのがユニークでして、熱した真っ赤な鉄の長靴を無理やり履かせられる。水責めでは縛られて池に投げ込まれて、浮かんでくれば魔女。だから無実であるためには溺死しかない。膝や脛をハンマーで思いっきり砕く。四頭の馬に引かせての手足の裂断。他にも、おっきな車輪に縛りつけて転がしての轢死。まあ、えらい楽しそうですね。楽しかったんでしょうね当時のギャラリーは。昨日までは普通の市民やった、もしくはええとこの家の貴婦人やったのが、今はみんな惨めな裸で、昨日までの着飾った気取った姿は見る影もない。十代の少女もいればピチピチの人妻もいる。見た目は憎らしい歯抜けの老人もいる。みんな裸で吊るされて鞭打たれたり針を刺されたり、焼かれたり骨砕かれたりして、おっぱいやお尻もプリンプリンで泣きわめいて、まあ男たちは楽しかったんでしょうね。いや、女もそうか。みんなそやね。

　世の権力者、当時では聖職者たち、彼らは『教会は血を流してはならない』というのが原則やから、外に拷問を依頼します。外注する。もしくは同僚の神父に祈ってもらうことで血を流した罪は許される――そういう自己ルールを間に合わせで作ってました。それでたっぷり拷問を楽しむんですね。誤って真実のキリスト教徒を殺したとしても、その人は結局天国に召されるんやからいいやないかと。だからためらうなと。

どうせ神様があの世で判断してくださるんやから、真実なんてどっちでもええやろうと。そういう理屈。そういう正義。まあ現代でも似たような理屈はありますけどね……」

　そして初美はここでいったん持っていた新書を閉じた。近い本棚を正面から見るふうでもなく見ている。表情の変化は別になかった。

　裸の二人。寒くはない。疲れてもない。

　さて、このとき徳山は、どうにもならない生理現象のくすぐりとその現れを下半身に感じていた。なんやねん、と当惑する。こんな血なまぐさい話をさっきから聞かされて、それでこういうことになるなんて、どんな異常者や、と自分が情けない。しかしその戸惑いとは別に唾を飲む。直接の原因はもちろん隣の初美のまだ新鮮な裸のなまめかしさにあるのだろうけど、それを言い訳にできそうもないし、言い逃れしたい気持ちがあるわけでもない。ともあれ、大量殺戮や輪姦や幼児殺しや集団凶行の話を聞きながら、そう、こんなことになってしまっている。あかん、と思えば思うほど、みっともないほどにその生起は露(あら)わとなる。

　初美がそれに気づく。顔を上げない。徳山の顔を見ない。表情は、口元も、微塵(みじん)も動かさない。そっと左手を伸ばしてくる。角度からして触りやすくなっているそれに触れる。片手で包みこむようにする。

右手だけで再び初美は本を開く。日に焼けて色褪せた、読み古されて綴じもゆるくなっている新書、だから開きやすく持ちやすい。

右手と左手は別々に別々の目的をもって動きながら、その目と口は本の紹介を進める。

「ここに、一人の女の自白に至った経緯が残ってます。実際にあった事実。記録。これもちょっと、紹介しときたい……」

そして初美は深く息を吸い込む。

「彼女の名前はエルヴィラといいます。魔女の疑いをかけられ尋問されます。彼女の両腕を縛った綱が締め上げられ、捻じられる。彼女は悲鳴を上げる。

――あああ、裁判官様！　何を申し上げたらいいか、言ってください。私がどんなことをしたのか私にはわからないのです。綱をゆるめてください！　何を言えとお望みなのか、私にはわかりません。仰ってください！　そのとおりに申します。

さらに綱はギリギリと締められます。『真実を言え』と迫られる。

――どう申したらいいのか教えてください。なんでも申し上げますから！

裁判官はエルヴィラに『お前は豚肉を食べただろう』と問い詰めます。根拠のまったくない誘導尋問。

――いいえ、食べたことはありません。豚肉を食べると私は気持ちが悪くなるのです。豚肉が好きではないのです。私は何も悪いことをしておりません。どうぞお放しください。なんでも申しますから。何を申し上げたらよろしいのですか。いったい何を申せば！　仰ってください。なんでも申します。後生ですからお放しください。……仰って、ああ、仰ってください！」

いきなり、思いがけず、迫真の演技を聞かせる初美に徳山はぎょっとしていた。うめき声やむせび泣きの演技を彼女は堂々と披露する。まるで学生演劇のような声の張りと熱の込めようだったが、そこに気持ちの退潮を感じるどころか徳山はますます釣り込まれる。のみならず、彼女の左手の動きは別の指令をもった生き物であるかのようにますます巧みに、たえず円や8の字を描く繊細な動きを這わせてきて徳山は腰を引くことも突き出すこともできない。彼女の手の動きに合わせて微妙に腹式呼吸するのみだ。

「裁判官はロープをゆるめず、『カトリック教会に背くことをしただろう』と尋ねます。

──放してください。うう、ここから降ろしてください。何を申し上げたらいいか、仰ってください。ああ、苦しい。裁判官様、もう腕が砕けます。ああ、ゆるめてください……

『お前のしたことを詳しく言え』と裁判官は迫ります。

――はい、はい。申し上げます。そうです、いたしました。なんでもいたしました。……ああ、ゆるめてください。申し上げねばならないことが、私には、思い出せないのです。弱い女の身です。腕が砕けそうなのです。弱い女に、憐れみをお持ちではないのでしょうか……

裁判官は、『本当のことを言えば憐れみを持つであろう』とか言う。

――裁判官様、仰ってください！　本当のこと、というのを教えてください。ああ、ああ、苦しい。つらいのです！　わからない、わからない……　いったい何を申し上げたらいいのか……」

息の荒くなっているのをもうすでに、徳山は隠そうとしない。初美の左手のほうの動きも縦横に伸びやかとなる。圧力を増す。左手の利き手でないことも伝わる。下方を少しも見ることがないのに勘所をよくわきまえているその技巧。声の演技と手の動きがリンクしていないこともない。表情は変わらない。ただ唇を舐める舌先がちらりと見えた。

もうそろそろまずい、と徳山は思うが、どうそれを伝えればいいのか言葉を持たない。初美の指先はまた、終わりの近いという変化を感じ取っているだろうに、しかし動きに躊躇が見られない。このままここで、いいのだろうか？

「……同じ内容の尋問と拷問が繰り返されたのち、裁判官はエルヴィラに『お前は土曜日に麻の着物を着替えただろう』と尋ねます。

——はい、着替えました。着替えるときがきていたからです。悪意があってのことではありません。ええ、いったい、何をお考えになっているのでしょう……

そして裸のエルヴィラは拷問台に寝かされる。手足は四方に、ロープで引っ張られる。口に管が差し込まれ、水差しから水が注がれる。その合間合間に、彼女は同じことを繰り返します。哀願を繰り返す。結局、彼女は審問官が誘導するままにすべてを肯定し、『自白』したのだった」

最後まで読みきる前に徳山は耐えきれず（耐える気もなかったが）、見事に大量に放射していた。相変わらず初美はそれを見もしないふうでしかし、ひと垂れもさせずに器用に左手ですべて掬い上げ、片手のなかに収めた。

本を閉じ、棚に差し込んだ。にっこりと徳山の目を見て微笑みかけ、そして、

「一緒にシャワー浴びましょうか」と誘いかける。

浴室に向かう徳山にはまだ自分にからっぽの感覚がなかった。

いったいこれは罪悪感を覚えないといけないのか、しかし二人きりのことだとはいえ、このあとも徳山はいろいろ初美に残酷話を喋らせながら、同時にあれこれ試してみて、語らせながら手の動きをさせることもあれば、語りに没頭する初美を思うまま

に味わう楽しさも知った。語りは、さすがに第二次世界大戦以降の近現代の悲劇になると生々しすぎてたじろぐこともあるけれど、内容が酸鼻なものであればあるだけ初美は人形のように完全に受け身のままとなり、でもそういうときこそ分泌液を多く出したりして身体感覚はふんだんに研ぎ澄まされるようで、そんな自意識喪失ぶりが徳山にはたまらなく愛おしい。

いつも同じ遊戯に熱中する子供みたいに、簡単に初美は罠に嵌まり、二人して裸でベッドのシーツにくるまっていて視力のいい徳山が本棚の背表紙から適当に選んで、例えば「中国三大悪女って？」と話を振れば、彼女は熱を込めてその詳細のあれこれを語ってくる。語りが始まると徳山はシーツに潜り込んで、初美のあちこちをまさぐった。「不謹慎」という言葉はもちろん何度も頭に浮かぶが、ともあれ楽しさが勝る。話を言いきってからようやく「悪い子を見つけた」みたいにして初美が潜り込んでいる徳山の肩あたりを、はうっ、と大口に噛んでくるとそれから覆いかぶさって丸まってシーツを巻き込んで、くんずほぐれつの、じゃれあいになだれて、そのうち本気になる。普通にセックスを始めるより段違いに気持ちよさが深かった。

こういう導入が、二人の習い癖となる。わざとなのか天然なのか、初美は毎回このパターンに陥り、その学習能力のなさがまた徳山にはどうにもおもしろく、人倫に外れたこのお遊びはやめられない。

それからは、昼も夜もなく、寝たいときに眠り、夜中に徳山が一人起きたとしても、横の初美はすぐに目覚める。ぱっと瞳大きく寝覚めがいい。

「私、眠り浅いんです」と言う。

また初美が手際よく料理のできることを知って徳山は意外に思う。

「どこで習ったの？」と徳山が変な質問をすると、

「親に、普通に、……です」と答えた。

「厳しかった家庭？」

「いや、本当に普通。むしろそれが逆コンプレックス」

「なんやそれ」

「あんまり普通すぎて頼りない」

「頼り？」

「トラウマとかDV体験とかそんなん、一種の杖やと思います。心のバネになったり言い訳にもできたり。アクセサリー代わりにしてる女の子もいてるし。あと、現代の流行病に乗れている感もある。私にはそれがない」

二人にとって何よりの優先は性の放出で、服を着るのも面倒、他のことは何もかもどうでもいい、というように互いに貪りあう。

事後のトークでなく、事前の導入で始まる。

世界の奴隷制、スターリン、文化大革命、ベトナム戦争、ポル・ポト、ベンガルの虐殺、ルワンダの虐殺とコンゴ戦争。徳山の知らないことを初美はたくさん知っていて、その偏った知識量と記憶力に対して徳山は「おまえ変態やなあ」と言う。また、劣等感をごまかすために「俺は日本史を選んだから」と言い訳するが、アフリカや東南アジアの地理が徳山の頭にはほとんど入ってなかった。フランス革命の具体的内容を知らず、ビルマとミャンマーの違いを知らず、バングラデシュをアフリカの国だと思っていた。

現代の社会問題についてなども、初美は話す。ただそれも、ひたすら出口のないような気持ちの暗くなるようなものばかりを好んで、介護地獄、借金地獄、ストーカー体験、セクハラ・パワハラ、過労死、リストラ教育、いじめ、児童虐待、障害者差別、同性愛者差別、犯罪被害者や遺族の孤独、交通事故加害者の重荷、ネット中傷による失われた人生、内部告発者の転落人生、そういった話を彼女はしたがる。そういった本をまたよく読んでいた。

「おまえは変態」と念押しのようにして徳山が言う。これは、エルゼベエト・バートリの「血浴び美容法」の話を、例によって淡々と微細に露わに初美が語り終えたときだった。自分の指先がその話のさなかにしていたことは棚に上げ、指を初美の腿で拭きながら「おまえがそのエルゼベエトに見えるわ」とまで言った。さすがにちょっと言いすぎたかと初美の様子を窺うが彼女に気にするところはない。というより、いつも言いすぎてしまう徳山に対して初美は、何を言われても動じる気色がなかった。それが表面上の張力だけとはとても思えない平静さに、かえって徳山は薄ら寒さを覚える。また、そんな怯えを認めたくない思いから、さらに言いたい放題になる。あるいは、こんなんだから二人は相性が抜群と言えるのかも、と都合いいようにも考えていた。

一週間近くを初美のマンションで寝起きし、それでようやく、文字どおり重い腰を上げて彼女の家を後にする。梅田までは二人で歩く。金色の夕日に向かって、一日の終わりでありながらこれからまた夜が始まるという雰囲気のなか、言葉少なめのまま、阪急の駅の改札口で別れる。初美はタクシーを摑まえて帰ると言う。申し訳なさそうにする徳山に「いや、いつものことですから」と答える初美。

こうした生活サイクルがそれから連日のように続いた。

阪急梅田駅。近未来的にも徳山の目には映る九車線ホームでは、終電間近になれば「第三の男のテーマ」が流れる。その哀切あふれるギターの音色と発車メロディーとの重なりが、初美と徳山にとってのしばらくの背景音楽となる。といって最終電車をそのまま見送ってもう一度梅田の街に戻って飲み直す、ということも少なくなかった。東通りのガールズバーの連なりを、からかい渡り歩いたこともある。初美のマンションに戻るのでなしにホテルに泊まる、ということもあった。

初美のマンションを出た。日常に戻った。そうなってから最初に徳山の頭を悩ませたのは、日浦のことだった。アルバイト辞めよっか、十三から引っ越そうか、とまで思いつめる。いったい日浦にどう説明したらいいのか。そもそもいちいち説明しないといけないのか（いけないんやろうな、やっぱり）。あの、ぞっこんぶりは傍（はた）から見て間抜けなほどやったから反動の落ち込みも相当やろうし、ましてや掠（かす）め取ったのがこの俺ということを知れば、どんな嫌がらせをしてくるかわからん。職場での嫌がらせだけならそれこそ仕事を辞めればいいだけの話やけど、初美の店も知られているし、明確なルールはないらしいけど客と付き合っているとの噂が広がれば初美にも不利益はあるやろう。「そんなん全然気にせんでいいですよ」と初美は繰り返し言っていたけど、いずれにせよ、どの道を選んでも、かなり面倒そうで長丁場になりそうで、いやいや気が重いわ。

日浦に蛇のような陰険さを見ていて徳山は鬱々となる。先の一週間で初美から、彼女を標的としたストーカーについての話も聞いていた。

「三年かかりましたよ、学生のときから含めて。もう、どうしても話が通じない。心からお願いしても駄目、誠実に説得を試みても駄目、脅かしたり第三者の力を借りたりしたら余計に燃え上がる。向こうは向こうの論理で勝手に盛り上がってる。理屈が通じない。うんざり。結局、別件で逮捕されて刑務所入って、こっちもそのタイミングで引っ越したからようやく縁切れたけど、でも私、こういう仕事しててよう思うんです。話の通じない男はもうこの世のなか、たくさんいます。もうアホばっかり。誇大妄想狂から被害妄想狂から、都市伝説をまともに信じてるアホや、漫画に出てくるような権力欲の豚まで、ホンマいろいろ。程度の問題。すぐ引っ込むヘタレもおれば、死神みたいな奴までいろいろ。……この世は綱渡りです。どこで変なのに出くわすか、確率の問題。ホンマにしんどい」

　そもそもアルバイトに改めて行くこと自体が、徳山にとって非常に気が重かった。初美のマンションに籠っていたあいだでもシフトは入っていたのだが、最初の一日は休みの連絡をせず、店からの電話にも出なかった。電源から切った。そして、もとからの休日を挟んで次の出勤日にはようやく電話して、風邪が長引いていることにしてさらに三日休んだ。このままアルバイトを辞めることがだから、かなりのリアリティをもって考えられたけれど、しかし「辞める」と電話してまた新しいバイト探しをする面倒と苦労を天秤にかけてみれば、どうにも他に選択肢はないようだった。

まず店長に、休憩室でさんざんに文句を言われた。その説教中に日浦が入ってきたが彼は着替えてそのまま部屋を出て行った。内場は、今日は休みらしい。憤懣とストレスをやっと解消したらしい店長がようやく出て行って、そして斉藤が入ってくる。この、たまに礼儀知らずになる後輩が徳山の顔を見るなり、休まれていたあいだにどれだけ大変だったかと、ちくちく愚痴ってきたがそのことはむしろ徳山をほっとさせていた。

「何笑ってんすか？」と斉藤がいらつきを見せると、

「いや、悪い。ホンマにおまえの言うとおり俺が悪い。でもまあ、おまえの顔見てると帰ってきたんやなあって思うわ」と、にやにやしてしまう。

どうするかはもう流れに任せよう、と徳山は考えていたが、結局、初美とのことは誰にも何も言わんとこう、と決める。

ドリンカーに立つ日浦に挨拶し、いなすように顎でそれを流されて（彼からは特に突発休のことは言われなかった）、しかし先送りした安堵感で徳山は満たされていた。

当然のごとく、付き合いたてのこの時期にはもうできるかぎりの時間を、徳山は新恋人に捧げようとする。

十三の我が家に戻ってそこの狭さに愕然として、単調で心労のかさむアルバイト生活にはうんざりし、肝心の受験勉強も捗らず、電話ばかり気にし、今度はいつ会えるか会ったらどんなことをしようか、過去の会話を反芻したり過去の受信メールの内容を何度も見直したり、身体のぬくもりを思い出したり、そんなことばかりで始終頭のなかをいっぱいにしていた。

　勉強に集中できない。といって格好だけでも机に向かわずにはいられない。初美とのことで時間を取られるから、他のことに時間を費やしたくはなかった。机に向かっただけの無駄な一日というのが続いたとしてもそれはそれとして、初美のこと以外の予定というものは極力切り捨てることにする。

　だから初美と付き合うようになってから、もっとも徳山に不満を抱くようになったのは、一歳年上の阪大生である菅野圭一だった。彼のほうこそ大学入学時期にはやたら忙しそうにして徳山を遠ざけようとしたのだが、夏休みも近いこのごろでは、広いキャンパスライフで個性は埋もれ、サークル活動は年齢差でうまくいかず、勉強は難しくてついていけずに欲求不満な寂しい日々に淀むようになっていたから、それだけにあれだけ慕ってくれていた徳山に急に距離を置かれてしまって、しかもその理由が「彼女ができたから」というのでは、二重三重の意味で我慢がならない。

　そもそも男の嫉妬とか悪意などを隠さないストレートな物言いこそ、徳山が菅野をおもしろがっていた理由の一つなのだけれど、その妬みがまっすぐ自分に向くようになると、それこそ付き合いを遠慮したくなる。

といって本当に徳山には友達がおらず、中学からの幼馴染とも最近は訳あって疎遠になっていて、だからこれで菅野までいなくなるのは、いよいよ自分が社会不適合者だというのを明らかにするようなことであり、またやはり受験対策のためのアドバイスや勇気づけを与えてくれる貴重な人でもあるのだから、そう簡単に縁を切りたくはなかった。要は、今は適当な距離を保ちたい、しばらくは放っておいてほしいけどそれが過ぎたらまた以前のような友人関係を再開したい、というのが徳山の本音だった。

しかしちょっと距離を置くということすら許さず、こちらの事情を少しも斟酌してくれない菅野はむしろ増長して、初美を紹介しろ、としつこく求めてくるようになる。投げやりな気持ちで徳山はそれを数日経って実現させた。

梅田の串カツ屋。小雨の日だった。菅野を刺激したくなくて相合傘をしなかった。席も離れて座る。前日まで偉そうなことを言っていた菅野だったがその串カツ屋ではずっと緊張しているようで口数も少ない。あまり食べず、そして酔いが回るのが早かった。酔いが回ると今度は下ネタを連発してくる。泥酔した菅野を電車に乗せるのがまた大変だった。

翌々日、菅野からメールがあって「彼女についての大事な話がある」という。たいして大事な話なんか絶対にない、と徳山は見抜いていたが、昼食を食べ歩くために中津に行こう、との誘い文句もあってそちらのほうには心揺らいでいた。以前はよく、カレーならカレー、ラーメンならラーメン、カツ丼ならカツ丼とジャンルを決めて二人は連食をしたものだった。今回中津に行くということは、有名店で醤油ラーメンと塩ラーメンのそれぞれ大盛をシェアし、そのあとで例えば天六のほうに次の店を求めて歩く、ということになるのだろう。

初美とは、残念ながらこういう食べ歩きができない。最初のころこそ初美は徳山に合わせるかのようにして量多く、しかも平気そうに食べていたのだが、それはもうまったく無理をしていたことをあとから告白してきた。やはり彼女は見た目どおりの少食でむしろベジタリアンに近い、という。普段の彼女は好んで生野菜サラダを主食としている。

だから久方のラーメン巡りのためと、そして菅野の機嫌をとってまたしばらく放っておいてもらおう、もうそろそろ模試の時期やし、との魂胆をもってその約束の日を迎えた。

中津で列並びをしているときに、さらには天六のほうへと向かう長い道すがら、彼の口からびっくりするような発言を徳山は聞く。

「いやまあ悪いけど、所詮キャバ嬢やし」

「整形してんちゃう?」

「客とヤりまくってたんちゃうの? いや、おまえと付き合う前の話やけどな。付き合う前の話やったら、そりゃ別にええやん。おまえも許してやらな。でも一度確認しといたほうがええで。どうやったんや、って」

大事な話とはそういうことなのか、その程度の話なのか。

念のため、

「初美についての大事な話ってなんですか?」

「だからさんざん言ってるやろ。気をつけえや、ってこと。おまえ、あれはかなりの手練れやで? ズブズブのやり手女や。なんやったら言ったるけどなあ、このまえだって俺な、あの女から妙に、妙に色っぽい視線を投げかけられっぱなしやってんから。いや、いやいや、俺の勘違いやと思うで。そう思いたい。でもな、単純にあの視線はもう男に毒やって。かなり危険や。若いからって安心したらあかん。やっぱキャバ嬢はちゃうわ。『心の娼婦』とも言われてるからな。いや、あの子がそうやとまでは言わんけど、でも気をつけとけ。探偵とか雇って身辺探っといたほうがええんちゃうか?」

他にも、妬みと妄想がたっぷりと塗り込められた菅野の「大事な話」を、徳山は延々と聞かされていた。

想像以上にひどい一日だった。

初美を得たその代償、ということを徳山は考えさせられるようになる。

一つ、ことが終わると、すべてをぶつけた虚脱感からベッドに大の字になろうとする徳山をとどめて初美は、彼の手を自分の乳房のところに持ってゆく。

「すぐに離れないで、しばらくこうしてて」

その命令口調に気をよくして工夫しながら、初美のなかの波を探る。そうして二人してソフトランディングを目指す。それぞれの息が合い、整ってくる。部屋の静けさが際立つにつれ、時計の秒針の音が大きく聞こえてくる。

初美の乳房をこねながら徳山は、

「友達ってなんやろう？」と訊いてみた。

「私、友達なんか一人もいません」

セックス後はいつでもそうであるように、彼女の横顔は研ぎ澄まされて美しい。

「一人も？　たったの一人も？」

「はい」

「すごいな。いつからよ」

「もうずっと。学生時代から」

「そんなんやったら、しんどかったやろ？　特に学校で、女の子が一人きりやなんて」

「別に。気にせえへんよう回路切ったらいい。それだけです」

愛おしくなって徳山は再び、素早く汗の引いてきた初美の身体を抱き寄せる。自分の上に軽々と乗せる。塑像に粘土を塗って生命を与えようとするみたいにして、腰から上半身、肩口から下半身にかけて、全身のラインを手のひらと指でなぞる。

「回路切るってそんなサイボーグみたいな……」

「私たちはね、徳山さん、似てるんです。それでいくつかある類似点のなかで一つ、どうしても友情が身につかない、っていうのがあります。私たちには無理なんです。諦めるしかない。美しい友情というのがひょっとしたらこの世にはあるのかもしれない、でも、それは私たちの身の上には決して起こらないことなんです。私たちというパーソナリティには絶対にありえない。そんな手の届かないもんについてあれこれ思い煩っても、しゃあないやないですか。無視しましょう、ね？　徹底的に無視です。友達なんて、いりませんそんなもの。徳山さんには私がいますから」

初美の言うことのすべてを納得できたわけではなかったが、反論しようという気も起こらない。まず事実がそうだった。実感としてもそう。自分という人格の上には到底、友情が身につくとは思えない。それはそうかもしれなかった。

徳山の上でやがて、初美が挿入はされてないままに疑似的にゆっくりと腰を動かす。ダンサーのように巧みにグラインドしてくる。

秒針の音。夜風が窓をふんわり叩く。

これからの行動パターンは、冷蔵庫に大量に貯蔵されている缶ビールの一本を取ってそれを飲みながらベランダに出て、高所からの夜景を楽しむ。勉強道具を一応持って来てはいるけど今日はもうしないだろう。寝室に行って初美にも缶ビールを渡し、そこで一緒に飲む。流れが生じれば流れのままに、もぞもぞと昼まで起きていることもある。

「そういえば」と徳山が言う。「初美の家族の話、詳しく聞かせてよ。俺、まったく知らんわ」

「いや何も。平凡中の平凡ですよ」と腰を動かしたままで初美。

「言いたくない？」

「いや、そうやないですけど」

「家族、好き？」

「普通です、普通」

「普通って、そればっかりやん」

それで彼女からの情報収集は早々に諦めて徳山は始める。

「俺はな、家族が嫌いや」それが彼の、どうしても今夜言いたかったことなのだ。

初美を抱えて自分から下ろす。

「俺の家族はな、なんていうか、エリート揃いの医者家族なんやねんな、俺以外は。——親、兄貴、姉ちゃん、みんな優秀で、ええとこの大学の医学部出て、やけど末っ子の俺だけ勉強できんでいろいろずっと言われてきた。ひどいDV受けてきたとかそんな極端なものやないけど、小さいころからずっとずっとずっと、バカにされてきた。『おまえは出来損ないや』とか『うちの子やない』とも言われた。真顔でな。近所の連中もホンマいちいちうるさかった。余計なお世話だらけやった。だから俺が今、三浪生やってんのも、どっかであいつらを見返してやりたいって気持ちが強くあるからやと思う。——まあそれだけやないけど、とにかく俺は親父と取っ組み合いの喧嘩もしたことあるし、それで、でも和解できたわけもなく、母親はもう完全に俺のことを諦めてる。そんなんがたまらんくて家出てからは正月も帰ってへん。あいつらも誰も帰ってこいなんて言わん。姉ちゃんはまあ、同情的でないこともないけど、でもそれは結婚して北海道に住んでるからっていう距離感のおかげやな。俺が今のアパートに移るための引っ越し代金も、実はお兄ちゃんが出してくれた。返せ、とは言ってこうへん。ただ放っとかれてる」

そして徳山は初美の反応を見る。このことを吐露したときの彼女の表情をずっと見たかったのだ。しかし、彼女のつるりとした能面に、徳山の期待したような変化は起こらない。

「おまえはこういうの否定するかもしれんけど」と言葉を重ねる。「俺はこの過去をトラウマと言いたい。そう名づけて世間に誇りたいよ俺は。どや、と。優秀すぎる兄や姉に比べられる学生時代で、三者面談で『この子は犯罪者にならんかったらそれでええんです先生』って言われたり、父親や兄貴に幼いころから『借金ねだってくるようになんなよ』と釘刺されたり、姉ちゃんの結婚式でも紹介サササッと流されたり、せっかくの手紙書いてもそれもどうも読まれてないふうな、そんな家庭に生まれることがそんなに幸福なんか、『金持ちの家に生まれてよかったな』って言ってくる奴らが時々おるけど、そんな奴らに言ってやりたい俺は。出来損ない出来損ない、って言われ続けるのがどんだけ屈辱的なのか、しんどいんか、それがどんだけの蓄積したトラウマになってんのか知れ、って。俺はそりゃ言うよ、言いたいよ、そりゃ」

「わかります」

「いやわかってない。もっと言えば、そうは言っても俺はずいぶん恵まれてる。三浪できる身分ってだけでもう、ひどく甘ったれた人生なんだってことを、俺はわかってない、いやわかってる、わかっていながらでもこの痛みをトラウマだと大騒ぎしたいその安さにこそ俺は身悶えしてるってことを、ちょっとはわかってほしい、――って俺は言いたい。そういう意味で、俺にはやっぱりトラウマはある」

徳山はため息をつく。

「言ってること、ようわかってもらえんかもしれへんけど。俺自身もようわからんくなってきたけど……」

今度は、わかります、とは彼女は言ってこなかった。

「三浪生活にしたって、そりゃ、つらいよ。つらすぎる。予備校行かずにバイトしながら独学なんて、ホンマにできるんか疑問やし、これから夏過ぎて冬になって年明けて、そこまで毎日コンスタントに勉強できてるかどうかも考えるだけでちょっと怖いもん。現に今も、いろいろ言い訳して日本史のノートや単語帳をたまに見るだけで、最悪パソコンでネット見るだけで終わる日もある。『勉強してる？』って訊かれて『してるわボケ！』って勢いでキレぎみで答えたりするけど、ホンマは、うん、してへんな。勉強してない。全然足りひん。もっともっと俺は本気でそれこそ命がけでせなあかんのに、自分に言い訳して自分を甘やかして、だらけてる。だいたい考えてみたら俺って、やっぱり勉強に向いてへんもんなあ。根本的なこと言えば、頭悪い。記憶力がない。集中力ないし、辛抱ができん体質や。そして超のつく怠け者。浪人どうこうだけやなくこの先の人生考えても絶望的になる。奇跡的に大学受かってもその先の大学生活に自信ない。気持ち暗くなるわ。死にたい。ああ、うん、死にたいよ実際」

　初美がこれまで、勉強してますか、なんて質問をしてきたことは一度たりともなかった。それはあくまでも徳山の自問自答のものだ。

「徳山さん」と初美が声をかけてくる。

「何？　電話しようか？　目の前におるけど」

「いやいやそうやなく」初美は苦笑して頭を振って「うちに来ません？」

「来ません、って来てるやん。じゃあここはいったい誰の家や？」と徳山は勢いづきながら、ひょっとして実家に来て親に会ってくれないかという意味なのか、とも考える。ちょっと怖いが、ちょっと嬉しい。

　しかしそうではなかった。

「いや、そうやなく」と初美は微笑み、

「ここに一緒に住みましょう。同棲しましょう」

　そう提案されていろんなことが一気に解消していくようなのが、難解パズルの正攻法でない崩し方を見せられたようで徳山にはおかしくもあり、あまりの簡単さに悔しいようでもあった。しかし、だからってもちろん断れるはずもなく、それどころか、もうすべて、こいつの言うことにすべて、ただ言われるままに従っていこう、という気にさえなる。

藤倉雄大、徳山の中学時代からの友人。初美が言うところの「友情が身につかない」徳山にとって、「おまえ友達いるの？」という侮蔑目的の問いを受けたときに「いるよ、中学からの親友」と胸を張れる根拠ともなっていた存在であるのだが、しかし、最近ではすっかり疎遠となっていた。

最後に会った今年の三月、すべての入試が終わって結果を待つだけの身だったときに、徳山は藤倉に、京都の河原町にあるバーに連れて行かれた。知り合いがやっているということ以外、詳しいことを何も告げられていなかったそこは、あるネットワークビジネスの会社幹部がオーナーをしている店で、客もほとんどがそのビジネスに関与している人間だった。要は、徳山はそうと知らされずに勧誘されるためにその集団のなかに呼び込まれていた。藤倉がそういうことに関与していたというのも、そのとき初めて知った。

店では、中原というスーツ姿のギラギラした中年男性を紹介され、その男からやたら容姿を褒められたり、バーベキューやキャンプに誘われたり、ネットワークビジネスとネズミ講とマルチ商法の違いを説明されたりしたが、徳山がずっと防壁を張っていたので、紹介者である藤倉をたいそう落胆させたようだった。しかし、騙し討ちのようにして連れて来られた思いがあったから徳山に同情心はわずかも生じない。どころか絶交すら考えていた。少なくとも当分はもう自分からは連絡取るまい、と決める。そしてそれから半年近くが経っていた。

他の話題もなかったときに徳山は、初美にその河原町の夜のことを話した。すると彼女は並々ならない関心を示す。藤倉に会わせてほしい、その河原町のバーに自分を連れて行ってほしい、とせがんでくる。

「興味あんの？　ネットワークビジネス」と徳山が訊いても、否定も肯定もしない。ただ繰り返し頼んでくる。そんなことはこれまでにないことだった。これまでにないというそれだけの理由で、徳山は初美の願いを聞き入れる。五ヶ月ぶりぐらいに藤倉に電話する。事情を話すと藤倉のほうがびっくりしていた。

それが初美と藤倉の初顔合わせの場でもあった。一六五センチほどで徳山とは二〇センチ近い差がある藤倉だが、体重はあまり変わらない。がっしりとした体形。会うたびに徳山は蟹(かに)を連想し、蟹を見るたびに徳山は藤倉を思い出す。

八月の京都はやはり大阪よりもずっと蒸し暑い。

菅野と違ってさほど女好きでもない藤倉は初美を見て、出合い頭に驚いたみたいに「おお、めっちゃ美人やんか」と言ってきたのみだった。そんなことよりと、徳山たちに対する不信感がありありとしていた。

「ホンマにやる気あんの？」

「そんなん行ってみなわからん。俺はともかく、こいつがなんかノリノリで」と初美を指さす。大人っぽいフリルブラウスに黒のミニスカート、若枝のような細い足を放り出している初美はずっと、うきうきした表情でいる。

「別にええけど、でもなんか引っかかんなあ」

河原町商店街をタクシーの列と並んで歩く。やがて路地に入って、人通りのぱたりとなくなる奥へ奥へと誘われる。そこにひっそりとまぎれて建っている細長いビル。看板もないそこのエレベーターに藤倉を先頭に入り、五階まで昇った。エレベーターが開くとすぐに、徳山がこの三月に来たときと変わらない騒がしさが広がる。扉もなければ出迎える店員もいない。狭い空間に若者がひしめいていた。ダンスミュージックが低音で流れている。暗めの照明。「さあ」と藤倉が促す。

客層の若い店だが、子供連れの家族単位の客もいて彼らはエレベーター付近のソファ席に寛いでいる。フロアにも店員はいない。ドリンカーのところに一人立っているだけ。大小二台ものモニターがあって、それが店の狭さに見合わない。壁に大型のもの、天井から小型のものが吊るされていた。ミラーボールも天井に回っている。

店に入って存在感の誰にも負けない初美がひとしきり注目を浴び、そして彼女はさっそく飲み物を徳山のぶんまでオーダーし、カシスオレンジを彼に渡し、カルーアミルクを手に店全体を見渡す。前回来たときに徳山は、中央にある立ち飲み用のカウンターテーブルにてドリンクを飲んでいるふりをすることだけに終始していたのだが、初美はそこのカウンターテーブルに立つのではなく、常連らしき女性ばかりのひしめいている奥のテーブル席にいきなり腰を下ろした。

そこにいるグループにまとめて笑顔で挨拶をする。

「こんばんは、はじめましてー」との初美の声はよく通る。

いきなりの図々しさに、無視されるか適当にあしらわれるかのどちらかだろうと予想した徳山をよそに、初美はそこにいた全員からまた丁寧で愛想のいい挨拶で迎えられていた。もしかしたら誰か重要な人物の知り合いと勘違いされているのかもしれない。おずおずと初美の隣に座る徳山。藤倉は「中原さんを探してくるわ」と言って、どこかに消えていた。

それからの初美の様子に見たのは、徳山がそれまでまったく知らなかったコミュニケーション能力の高さだった。

「皆さん学生さん？　私？　私はキャバ嬢」

そして彼女たちの戸惑い交じりのどよめき。

「そんじょそこらのオッサンより稼いでるから。しかもヤらせないで」

わっと歓声があがる。そして初美のキャバクラ裏話や駄目男話が次から次と披露され、聴衆の女の子たちはキャーキャー盛り上がる。キラキラした目で身を乗り出してくる。初美が同性の子と楽しそうに話しているところを見るのが徳山には新鮮で微笑ましく、同時にその器用さに呆れる。ここのシステムと扱っている商品の説明を、自ら求めて熱心に聴いている。ビジネスの話をしていたかと思うと恋の話になったりしてテンポがいい。グループを隅々まで巻き込んでは盛り上げるトーク術がさすがにうまい。向こうから続々と連絡先交換の申し出があって、それに応える初美はまるで人気者だが、ただ、連絡先の取得はネットワークビジネスの第一歩だ。金のありそうな「キャバ嬢」に群がる小型の鮫(さめ)に、この女の子たちが見えなくもない。

藤倉が中原を連れて来た。ポロシャツの襟を立てた肌の黒い筋肉質の、四十歳前後の男だ。

「よう徳山」とまず徳山に手を差し伸べてくる。無駄に力強い握手は三月のときと同じ、ただ背は低く見えた。つまりそれだけ前回は相手を大きく感じていたのだろう。

以前に会ったときには「これからはおまえのこと久志と呼ぶから」と言っていた中原だった。きっとこの席に寄ってくる前に藤倉と「誰？　全然覚えてへんわ。説明しろ」というようなやりとりがあったに違いない。

「久しぶりやなあ。で、今日はとびっきり美人の彼女さんを連れて来たんやって？　ていうかさっきから大盛り上がりやん。もうすっかり仲間やな」

中原は喋りながら徳山を越えて初美のほうばかりを見ている。

　初美が立ち上がる。

「山仲初美といいます。初めまして。今日はすごく楽しみで来ました」とその挨拶は淀みない。

「ああどうも。こちらこそ」と中原。そして座ったままの徳山を見て、後ろで控えている藤倉を見て、意味ありげな表情を浮かべる。「いやあいいねえ、最高やねえ。今日はとにかく楽しんでよ」

「ちょっとそばに行きたいな」と呟いたかと思うと、中原の目の奥の冷たさはどことなく徳山に席を譲ることを暗に求めているようで、だがやがて、その代わりに初美の正面の席に座っていた女の子に「フミちゃん、ちょっと悪い。ちょっと大人の話するからそこどいてくれへん？　うん悪いね、ごめんね、ほんとごめんね」と強引に頼んでいた。

　そして藤倉に「雄大、おまえはここ座れ」と自分の隣の席（つまり徳山の正面の席）を示す。「あ、その前に俺に飲みもん持って来て。いつもの」とまた藤倉を立たせる。

　向き直って中原が、自分の両膝をパンと叩いた。

「いやあ、よく来てくれました。あ、俺は中原っていうんやけどね、改めて初めまして。もうここのことは徳ちゃんから聞いてるね？　うんそうそう、じゃあ、余計な説明いらんね？　いやあ、ま、ま、乾杯しましょ、乾杯」

そして乾杯をして中原が、

「ところで山仲さんはどんなことに興味があんの？　何が好き？」

「東映ピンキー・バイオレンスとアウトサイダーアート」

固まる中原。

「彼氏のほうは？」と徳山のほうを向く。遂に名前で呼ばれなくなった。それにこの質問は前にもされている。

「……B級グルメ巡り？」

「B級グルメ？　ラーメンとか？」

「あ、まあ、はい」

「ああそれやったら」と中原は有名ラーメン店の名を挙げて、「あそこの店長、俺の友達やから、言ったら行列に並ばんでもええように時間外営業とかお願いできるよ。いやホンマ、友達やから」

席に戻ってきていた藤倉が言う。

「前、ここに寿司屋の大将がマグロ一本持ってきて、解体ショーやってくれましたよね。あんときの寿司めっちゃうまかったっすわ。トロとか最強やったし、普通の赤身があんなおいしいなんて、もう普通の回転寿司とか行けませんわ」

「そうそうこんな狭いとこでな、あんなおっきいマグロ」と中原も笑う。「今度またなんかやろうな。ラーメンパーティーもええかもな。ラーメン博みたいにいろんな有名店に出品させて競わせてな」

そして急に思い出したように中原は、

「そういやおまえ、なんであれから顔出さなかってん?」と徳山の腕を、おい、と叩く。「俺、予備校の先生してる美人の子を紹介したろ思うてたのに。なあ雄大? 俺、のぞみ先生に声かけてたよなあ?」

大きくうなずくが声は出さない藤倉。長い付き合いで彼の嘘の下手なことを徳山はよく知っている。

「のぞみちゃん、今日は来てへんの? 来てへんっぽいなあ。まあ、こんなかわいい彼女おるんやったら逆に紹介しづらいけど。まあまた今度な。なんやったら、男の大学院生とかもたくさんおるから、ここには」

風邪をこじらせたときに蛍光灯見るとぼんやりしてくるみたいに、この人の話聞いてるといろんなことがぼやけてくる、俺だけやろか、藤倉はこんな嘘っぽいオッサンを本気で慕ってるんやろうか、と徳山は考える。

「山仲さんは、――ねえ、初美ちゃん、って呼んでいい?」と中原が、決めの笑顔を見せてくる。

「いいですよ」と初美も笑顔だ。「でもホンマ言うと彼氏以外に下の名前で呼ばれんの、めっちゃ嫌なんですけどね」

「あ、あ、そう？　じゃあじゃあやめとこ。嫌がること無理にしたらあかんもんね」

「ほんとごめんなさい。こういう我を通すの、よくないってわかってるんですけどね」

「いやあ、いやいや。ええよ、ええ。人それぞれいろいろ好き嫌いあって当然やもん。わかってるよ、わかってる」

「ほんとに」と小さく初美は頭を下げる。徳山は表情を隠すのに必死だ。

「じゃあ話戻して、山仲さん、は、なんか夢とかないんかなあ？　例えば女優さんになりたいとか」

少し考えてみる初美。考えているふり、でしかないのは徳山には伝わる。

「……ない、ですかねえ」

「こんな美人さんやねんから、なんか活かさなもったいないで」

「ああ、もったいないって意見はおもしろいですね。初耳です。……まあ私がそんな、言うてくださるほどのことあんのかどうかは別として、そういう意味では今、私、キャバ嬢やってるんでそれがこの、まあまあそこそこの外見を活かした仕事なんやないかな、とは思いますけどね」

「キャバ嬢なんて、……それもそれでいいけど、山仲さんやったらもっと上目指せるはずや、って俺は思うけどなあ」

「上って？」

ちょっと考えて中原は、

「それはまあ山仲さん次第かな」

「私次第？　どういうことです？」

「いや、ま、君がどこを目指してこれから生きていくんや、ってことやね」

「どこも目指してない場合は？」

「まあとりあえず俺たちの仲間に加わるのもいいかもしれんね。ここには新しい世界、新しい出会いがある。ここで次のステップを見つけた奴らもいっぱいおる。例えば……」と徳山の聞いたことのない、しかし初美は知っているという映画監督の名を出し、「その監督の厚意で映画出させてもらったって子がおる。他にもみんながそれぞれを助けあってここでは生きてでね、仕事紹介するだけやなく、有名人やセレブとの出会いの仲立ちになったり、単純にコンサート呼んでもらって楽屋に招待してもらったり、他はなんやろ、たくさんあるイベントにどんどん顔出して毎日エンジョイして年齢関係なく青春謳歌（おうか）して、そういうのがもうここにはいっぱいある。みんなが笑顔になれる空間。みんながみんなのために出し惜しみがないんやな。ここは、夢を叶えるそれこそ夢みたいな場所なんよ」

手応え、というのがないのだろう、中原の顔は、語り終えた瞬間までは自信にみなぎっていたのに、急速に冷却されるように無表情となってゆく。真剣に何かに怒っているような、不思議さに怯えているような、徳山が「それどんな表情やねん」と心のなかでツッコミを入れる読み取りにくい皺くちゃな収斂が、その浅黒い肌のなかに固められてゆく。初美のおでこあたりを彼は、実際には何も見ていないのだろうが凝視している。

「中原さん中原さん」と初美から声をかける。「中原さんは、私たちに、自分たちのそのネットワークビジネスに参加させることが目的でしょう？ それで、それを自分の手柄にする。私たちに商品を買わせて、ディストリビューターの輪を広げさせて、マージンというか手数料を増やす、それが目的でしょ？ だったらもっとストレートにこないと。さっき喋ってた女の子たちのほうがよっぽどセールストーク、うまかったですよ」

中原の表情がこわばる。

ぐっと耐えてようやく次のことを言う。

「俺たちは『ディストリビューター』とは呼んでないねんけどな。それにマージンとかって」と苦笑いの中原はそれだけを言う。こわばりが治まらない。

「中原さん、私たちは、仲間とか夢の実現とか青春謳歌とか、そんなの全然興味ないんですよ。そんなんを入口にして誘い込もうとしても、そこにはまったく惹かれないんです。かといって『物はいいから』って高値の商品買わせようとしても、残念ながらこちらで扱ってる美肌石鹸とかダイエット食品とか、浄水器とかビタミン剤とか、そういうの私たちは一切必要としてないんです」

「中原さん、中原さんは『俺が説得すればすべての人間を取り込むことができる』と、そう考えてませんでした？　そう周りに言いふらしてませんでした？　さぞ自信がおありだったんでしょう。そのノウハウもあるはずです。だったらどうか、その力のほどを見せてください。殺し文句をください。私たちみたいなガキんちょを、ちょちょいと翻弄してみせてくださいよ。――必ず儲かる、倍々ゲームの不労所得、苦労なしの年金生活、豪邸と海外の別荘、セレブの仲間入り、有名人の名前をあれも知ってるこれも友達と連呼連呼、周りに自慢できる日々、ネットに書けることいっぱい――そういうの、でも、私たちにとっては全然セールスポイントにならへんのですよ。……だいたい事実としても、あんま信じてないし」

「あ？」

「え？　だって『必ず儲かる』とか『誰でも億万長者』なんてことは、口が裂けても言えないんでしょ？　事実とは違うんでしょ？　それとも、誰でも必ず儲かるんですか？　そう約束してくれるんでしたら、ここで契約でもなんでもしますよ」

「あ、いや、そう。本人の頑張りが大事。誰でも儲かるなんてことはない。俺たちはそんな、詐欺師集団とは違う」

「ですよね。存じてます。でもだとしたら、この仕事だけで、例えば月収三十万を得るためにはいったいどれぐらい頑張らないといけないんでしょうか？　組織内で何パーセントの人間がそれだけの収入あるのか。上位三十パーセントなのか三パーセントなのか。そういうデータって、いかがです？　把握されてます？」

「……いや、知らん」

「そうですか。ま、いいんです。私はジャーナリストやないし。でもただ、そうですねえ。じゃあ私、あそこの席に座ってる人と話がしたい。中原さん、それが私の希望、私の今の夢です」

そうして初美が指さしたのは、この店のいちばん奥まったところに一角だけ半ば個室となっているところの空間だった。そこにはいかにも地位の高そうな、この中原より年上らしい二人の男が、座って談笑している。

それまで黙って控えていた藤倉が、横から口を挟んできた。

「おいおい、さっきからなんやねん。何を言っとんねんもう。勘弁してくれよ。あそこはＶＩＰ席やで？　あそこにいてはんのは俺も喋ったことのない創立メンバーの人や。日本全体でも第二位の人や。ここもあの悠木さんが息子さんのために作った店やし、とてもじゃないけどおまえらなんか……」

「第二位って、何が二位？」とこれは徳山が藤倉に訊く。

一瞬言葉に詰まる藤倉。「まあ販売成績とかやろ？　当たり前やろが」

「へえ、そんな凄腕セールスマンには見えへんけどなあ」

「だからおまえはネットワークビジネスっちゅうもんを全然理解してへん。学ぶ謙虚さがなくて何しにここに来てん？」

「いや、違うんです違うんです。藤倉君ごめんなさい」と初美が割って入ってくる。芝居じみていて徳山にはおもしろい。「私は決して藤倉君や、それから初対面の中原さんを困らせようとか、あるいは皆さんが真剣にされていることを茶化そうとかそういう意図はまったくないんです。誤解を与えてたら謝ります。ごめんなさい。私は、私や久志君を説得できる言葉さえあれば、いつでもここのことを受け入れる準備があります。受け入れる、っていうか是非参加させていただきたい、っていうか」

「私には貯金が一千万あります」唐突に宣言文の読み上げみたいにして初美は言う。徳山も瞬間目を丸くする。「自分で稼いだぶんと親に貰ったぶんとで合わせて一千万円、私はこの全額を久志君のために使うつもりでいますけど、それがここでの運用次第で殖やせるっていうんなら、私は躊躇なくここにすべてつぎ込む用意があります。だから、――中原さん、どうかその日本二位の方と話をさせて。私はただ言葉が欲しいんです。私を、その気にさせてください」

そうして中原は、また動きが固まっていた。この男は会話の途中でよくこうなる。エンジンを冷ますためのようなものだろうと徳山は理解していて、前回の三月に初めてこれに接したときにはその体躯が大きいだけに「怒らせたかな」と焦ったものだったが、今ではもう慣れている。「一千万円」という金額と初美の摑みどころのなさに判断がつきかねているのだろう。しばらくして、何も言わず何も反応を示さないまますっと立ち上がる。顔を掻いたり周囲を見渡したりして、それから奥の「ＶＩＰ席」に向かった。近くの子たちがこちらの会話に耳をそばだてているのを徳山は感じていた。吊るされているモニターがファッションＴＶのセレブ映像だけをループさせているのは、三月のときと変わらない。

中原が充分に遠ざかってから隣の初美の耳に徳山は口を寄せ、にやにやしながら小声で訊く。

「盛った？」

含み笑いをして、やがて初美はうなずく。

「どんくらい？」

「かなり」

　そして二人して「ひでえ」「まあまあ」「盛り方が大雑把やわ。バレるで普通」とか言いながら身体をぶつけ合うようにして低く笑う。「全額俺のために使う、ってなんやねん」と徳山はくつくつ笑っている。

「それはホンマですって、そういう気持ちはあるってことで」と言いながら初美もまた、笑いをこらえることそのものがおかしくてたまらないといったふうに肩を揺らす。

「はいはい、ありがとうね」

　わけのわかっていない藤倉が、

「何が？　なんの話？」と怒りぎみで訊いてくるに、

「貯金額の話」と徳山がそっと答える。「十九歳なのに一千万円て、んなアホな」

「おまえらなあ……」

「知らんがな。ていうか信じんなよなホンマ」

「だいたい」と徳山は初美のほうに向き、「何が『久志君』や。そんなふうに呼んだこともないくせに。なあ、山仲さん」

「嫌です？」

「別にどうでもいいけど」

「じゃあ『徳ちゃん』は？」

「嫌。馴れ馴れしい」

じゃれあう二人を藤倉が押し殺した声で制する。

「ちょ、おまえら聞け」

「何？」

「あんなあ、あそこにおる悠木さんっていうのは中原さんを始めとして多くの人のメンターで、ホンマ、俺に言わせれば雲の上のお人なわけよ。噂やと裏社会の人間ともつながりあるらしくて、だからおまえら、めったなことは言うなよ、頼むから」

メンターの意味が徳山にはわからなかった。が、いちいち問わない。

初美が言う。

「大丈夫ですって藤倉君」

「何がや？　もうあんまりふざけんなよ」

ふうう、と初美がこれ見よがしな長い息を吐く。

「藤倉君」と名を呼ぶ。「こんなの、説明すんのもしんどいけど、藤倉君の言う『裏社会の人間』とやらが私たちみたいなもんを本気で相手にする思う？　目立つことして会社駄目になってそんでいちばん損すんのは誰？　それにその日本第二位の大幹部が『あの小娘に痛い目あわせてくれ』とかって依頼する？　そんなんで借り作る？　だいたい、おらへんから。こんな効率の悪いとこ、ヤクザ屋さんは絡んできてないから大丈夫。絡んでるなんてそんな話、私聞いたこともないし」

今日という日を迎える前になんとなく徳山は、俺に気に入られようと初美は俺の友達には丁寧に接してくれるんやろうな、と予測していたのだが全然そんなことにはなってなかった。ただし、だからといってあまり不愉快でもない。それは、徳山自身がすでに藤倉を低く見るようになっていたというのもあれば、初美は本当にこの俺だけをしか尊重しないんやな、と実感できたからだというのもある。彼氏には敬語でその友人にはタメ口で話す、というのは無礼で全然褒められた話ではないけれど、不愉快ではない。むしろ「俺と、それ以外の人間」という区切りがはっきり示されて嬉しくもあった。

その思いが伝わったみたいにして初美が、徳山の持っていたほとんど空のグラスを持って新しいドリンクを注文しにカウンターへと立ってゆく。藤倉の手にも溶けた氷だけのグラスがあるのだが、初美はそれに目もくれなかった。「喉渇いたわ」と藤倉は呟いたがそれは別に徳山の思うような抗議の意味でもないようだった。

狭い店だからそれほど離れていない先に、その「ＶＩＰ席」はある。実際、それをそう呼ぶことがもう恥ずかしいと徳山に思わせるぐらいのささやかなスペースで、カーテンで区切れるようにはなっているようだが、とにかく他に誰も座れないという特権の座を作りたかったのだろうか。

悠木さん——というのはおそらくあのハワイアンTシャツを着ている人だろうけど、直立不動の中原に、背もたれにもたれたまま何かを滔々と説いている様子で、五十代ぐらいだろうか、でっぷり太っていて、首が隠れるまでの長髪で前髪だけがメッシュのように白い。

今度は初美が充分に遠くに行ったのを見計らって藤倉が訊いてきた。

「久志、おまえ、あんな子とこれからどうすんのよ？」

「どうするってなんやねん。あんな子、ってなんやねん」徳山は余裕のある心持ちで笑う。

「そやけどさ、おまえ、あれはもう、かなりやで？　おまえ、前まではもっとホンワカした子とばっかり付き合うてたやないか。……いや実際、大変じゃないんか？」

「全然。もう幸せの絶頂」

「じゃあ、あの子と結婚とか考えてんの？」

「は？」

「結婚。——まだ早いか」

「いや、いやいや、そりゃ考えてるよ」と徳山はとっさの嘘をつく。「ていうか、結婚するなら俺は、あいつとしか考えられへん」と今思いついたことをそのまま口にする。

ドリンクを持って初美が戻ってきた。こいつと俺は結婚するんかな、と徳山はぼんやり考える。

それにしてもＶＩＰ席での中原への語りが長い。こちらはかなり待たされている。

「説教かな？」と徳山は隣の初美に問う。

「むしろ感動スピーチ？」

「どんなよ？」

「もっとおまえはおまえのいいところを信じろ、とか、自信を持て、的な？」

「すぐには俺たちに食いつかず、まずは部下のフォロー」

そして、ようやく戻ってきた中原に手招きされた。

ぶつくさ文句の絶えない藤倉もついてくる。

「来んの？　トバッチリ食うかもよ」と徳山。

「行きたない。行きたかないけど、俺以外の誰がここでおまえを守れんねん」と藤倉は言った。

悠木という男は、近くで見るとショートパンツ姿だった。そして偉そうにふんぞり返っているというのではなく、ただ重い身体をそうしないと支えきれないといったように背もたれに身をもたせかけていた。首から下はすごく太っているが、顔は痩せている。百キロの身体に七十キロの人の顔が乗っかっているというアンバランスさ。日に焼けているのは中原と共通している。

このソファ席にはもう一人の男がいた。彼は土橋と名乗った。悠木の友人です、と簡単に自己紹介してくる。それから初美に名前と年齢を訊いた。初美が答える。訊かれる前から職業を「キャバクラでキャバクラ嬢をしてます」と簡潔に述べた。「どこの店？」との問いに、バッグから取り出した名刺を渡す。頭髪の薄さと目尻にある大きなシミのせいでこの土橋は、悠木より老けて見えた。声は若い、というかこの声の若さが徳山には妙に癇に障る。土橋は、大人の余裕を見せたいのかずっとにやにやしているが、悠木のほうは、土橋と初美が自分の頭上越しにやりとりをしているあいだも、ただ鼻をすすって正面だけを向いて、関心のない態度でいた。頻繁に鼻をすするのがどうも癖のようだった。

土橋とのやりとりが収まる。静かになる。

「僕と話したいって？」と悠木が初めて口を開いた。こちらに目を合わせてはこない。

「はい」と初美は力強く答えた。見てこない悠木をまっすぐに見つめている。

初美も徳山も藤倉も、まだ立っていた。座るタイミングは初美に任せようと徳山は控えていた。その隣で藤倉も、手を前に合わせて神妙に休めの姿勢でいる。

「じゃあ座れば、いいんじゃないですか？　喋りにくいし」

「はい」

中原が藤倉に「おまえはこっちゃ、雄大」と鋭い声を発する。

それで藤倉はテーブルをぐるりと回って、またも徳山の正面に座る。

店内の他のソファとは違う革張りのL字形ソファと、それに向き合うI字形ソファ。L字ソファの奥から土橋、悠木、中原と藤倉。向き合うI字ソファに初美と徳山が座った。L字のコーナーの位置に、両腕を広げた悠木。初美と徳山の後ろが広い窓で、大文字山のほうを向いている。このVIPルームにも小さなミラーボールが回っていた。

皆が座って、しかし誰も声を発しない。お調子者らしい土橋だけがくるくると表情をうるさくしているが、他は一律に様子見でいる。

そして沈黙が気まずさの限界あたりまできたところで、初美が口を開いた。

「なんか、強引にお時間いただくことになって、本当に申し訳ありません。そして本当に感謝してます。とにかくどうしてもこの思いを私は誰かに相談したくて、そやけどこれを相談できる適格な人、というのになかなか出会えなくてそれで悶々としてたんです。だから今日、こういう出会いの場で、悠木さんのような実績のある大人の方とこうしてお話しできる機会をいただけて、私はホンマに超ラッキーやと思います」

それは初美の言葉そのものに力があるというよりも、まだ十代の若さながら淀みのない、礼を失してもいないその音の響きの心地よさにこそ男たちは惹きつけられているようで、ここの誰もがとりあえず、初美に注目していた。

「もう中原さんからいろいろお聞きいただいているかもしれませんが、悠木さん、どうかよろしくお願いします」と名前まで呼びかけられてしまえば、ふてくされたガキ大将のようにしてそれまでよそを向いていた悠木も、初美の顔を見て軽くでも会釈をせざるをえない。こじ開けが強引だったせいで中原からあまり好意的でない説明があったに違いないから、「一千万円」という武器があるにせよ、初美は悪印象からのスタートを余儀なくされていた。だからまあ腕の見せどころやな、と観察者である徳山は楽しくもあった。

「私がどうしても悠木さんにお伺いしたいというのは」と初美。「それはお金のことです」と身振りをつける。「私はキャバ嬢として働いて、それで同世代の子たちの何倍も大きな額のお金を稼いできて……」

「うん」と、悠木が相槌を打ってきた。

「それでますますわかんなくなってきてるのは、この『お金』っていったいなんなんやろう、ってこと」

「そう疑問を持つのはいいこと。とってもいいこと」と悠木。

「悠木さんのような方はお金を稼ぐプロフェッショナルだと思うんですけど、と同時に、お金を『使うほう』のプロでもいらっしゃるんじゃないかと。だからこそ、そういう方だからこそ私はいろいろ伺いたいんです」

「いや素晴らしい」と悠木はご満悦だ。軽く拍手すらする。「これぞ若さだ。若いってこういうことだ」

隣の土橋も力強く何度もうなずく。「ええよねえ、十九歳って、夢みたいな年齢よねえ」

なんのことはない。褒められ、虚栄心をくすぐられでもすればすぐいい気になるのが中年だ。逆に持ち上げられなければ寂しがって不機嫌になる、中年とはそういうことだ。

悠木たちの若さ賛美に、返礼の笑みといったような頬の動きをいったん見せてから初美は、

「あのう、お金って時々、とっても汚いものに感じることありません?」と尋ねた。

「それはまだ君が、お金のことを本当の意味ではわかってないのよ。でも、いい線まできてる。君は第一段階を軽くクリアしている。これは、立派な大人でもわかってないのが多いからとっても素敵なことなんだよ?」

「第一段階……」

「そう、お金について深く考えるきっかけ。――君が今、思い悩んでいるのは君がた

だ自分のためだけにお金を使っているからなんだ。でもそのお金に対する執着を捨てて、他人のために使うようしてみたらどう？　そしたらきっと、お金が汚いなんて思わなくなるから」

東京の人間やろか、と徳山は悠木のことをそう考える。イントネーションでの関西弁の混じり方が中途半端だ。

「汚かったら洗えばええ」と土橋。「でも洗えるのはコインだけ。お札は駄目」そして自分の冗談に自分だけおもしろがっている。

「汚いのは人の心」悠木が自分の胸を指さす。「お金はいつだってニュートラル。鏡のように人の心を映してるに過ぎない。数千万とかその程度の小銭稼いで堕落するような奴は、もともとその程度の奴やったっていうこと」

「悠木さんはどうやってその堕落から免れてきたんでしょう？」

「それは挫折の経験のおかげ。いっぺんどん底経験して、いろんな人間見てるから、もう今じゃ目の前に『億』積まれても心揺らがへんね。逆に、――これはこの前、姪っ子に実際にプレゼントされたんやけど、手作りの絵本、それとかスタッフがしてくれた心のこもったサプライズの誕生日パーティー、そういうもののほうがよっぽど心に沁みるね」

「よくわかんないんですけど、お金なんてもともとどうでもよかったのに、こういう仕事をされるようになったんですか？」

「そうよ。というより、お金ごときに振り回されたくなかったから、お金のことなんかいちいち細かく考えて悩む人生を送りたくなかったから、そのために精一杯努力した。結果が今の僕。貧乏人はね、心が貧乏なんやね。妬みやケチ臭さや負け犬根性から脱け出したかったら簡単、そう思わなくていいような環境に自分を持っていくこと。つまり、お金のことを忘れるためにお金を稼ぐ、自由を得るために闘う、それだけのことやん？」

「逆を言えば、お金がなくても心が平穏ならそれでいい、と？」

「でもさ」と悠木は素早く回り込む。「お金がなくってもできることはたくさんある、とか言う人いるじゃん？　あれってどうかと思うけどねえ。貧乏人の出身でもマザー・テレサになれるかもしれないけど、貧乏のままじゃあ孤児院の一つだって建てらんない。寄付金がなければ人は救えない」

「仰るとおり！」パチパチと土橋が内股で手を叩く。

お金がいくらあったってマザー・テレサにはなられへんやろう、とは徳山でも反論できる内容だった。それに、マザー・テレサやからこそ莫大な寄付金が集まる。他の、お金あるだけの凡人ではそうはいかない。

「現実を直視せな」と悠木。二回ほど大きく鼻をすする。「僕は最初っから、そして今も、他人のために生きる生き方にしか興味ないです」と相変わらずの下手な関西弁イントネーション。「だからこれからもゴールっていうのはないです。ここに集まる子らのために尽力する。夢は夢を養分としてさらに育つのよ。だから僕の夢はここに来てくれる子たちの個々の夢が立派に育ってくれること。彼らがみんな億万長者になってくれること。——ホンマよ？　僕はそこ目指してるから。そんでそれができると本気で信じているから」

「いい？」と悠木は止まらない。「チェ・ゲバラとジョン・レノンがいみじくも同じこと言ってんだけど、彼らは自分が『夢想家』と呼ばれることをまったく恐れなかった。恥じなかった。そしてそれは僕もそう。僕の目指してるのもね、やっぱり革命ですよ。僕だけじゃなく僕たちカンパニーのしていることは単なる経済活動じゃあない。そんなチンケなものと違うんよ。僕らのは社会革命。生まれながらの不平等な格差をなくし、誰もが夢を叶えられる大きなチャンスを提供する。いつでも何歳で始めても決して遅いということがない。これを、この素晴らしいシステムを、僕は日本中に、世界中に広めたい。ここに来る——君たちも含めて——すべての若者たちを億万長者にしてやりたいのよ、僕は」

みんなを億万長者にするって二回言うたなあ、と徳山はぼんやり思う。

そしてそれから悠木の独擅場（どくせんじょう）となる。「僕たちはまだ独立したばかりだから参加するなら今のうちよ」とセールストークも織り交ぜ、「そもそもアメリカ資本だから検察も国策としてうちらには手を出せんのよ。外交問題に発展しかねないから」とやはり危うさを認識しているかのような発言も聞こえる。また、それが手段でもあるのだろうが悠木はさかんに初美の頭の回転のよさを褒め、土橋もそれに同調する。「キャバクラの女にしとくのはもったいない」と土橋が言った。そういう発言をいちばん嫌う初美であるが、嫌悪感を微塵も表に出さない。

初美もただの聞き手なだけではなく適宜に質問を投げかけたりするが、徳山は、彼らの会話からやがて意識を遊離させる。――末っ子で、兄や姉と年が八歳と七歳離れていて、親戚の集まりや学校ではその外見面でのアドバンテージから女たちにちやほやされることの多かった徳山は、責任ある立場として一つ所に長く留まっていることができない。大人のする会話をこうして横で聞き流していることが体質となっている。自分だけが潜水服を着ているかのよう。鉄製のヘルメットの向こう、大人たちのする会話の言葉があぶくとしてどこかに浮かんでは消えてゆく。

「どう思います？」初美が訊いてきた。

「え？」と聞こえなかったふり。悠木と土橋は呆れ笑いをする。

「今どんなことを考えてます？」と初美は徳山の膝に触れながら訊きなおす。

「いや、なんか飲みたいなって」と空のグラスを指でつつく。

今度はしっかりした野太い笑い方を悠木は示し、

「じゃあなんか頼むか？」

「じゃあ久志君と私にレッドアイを」初美がすぐさま代わりに答えていた。

こいつは情けない駄目な男、この女にふさわしくない弱虫、——とでも評価されているんやろうな俺は、と徳山は考える。俺はいつだってこうして蔑まれる。自分でそう道筋を作っているようなところもあって、でもわかっていながら改めることができない。

この店に来てからのドリンク注文を初美はすべて、徳山の希望を聞かずにしていた。それはそれで正しかった。悩まなくていい。また注文の内容も正しい。レッドアイ、と言われたら今の喉の具合にレッドアイはちょうどいいと思われる。これまで一緒に外で飲んできたなかでの観察眼で、こちらが何を飲みたいか初美はちゃんとわかっているようだ。もしくは、——初美の出す結論はいつだって正しい、との思考方式に単にすがりついているだけなのかもしれないが。面倒だから考えたくない、だからそれでいい、初美のすることは正しいということでいい、というような落着。

悠木がまた始める。初美と悠木とは、もはや会話の応酬となってない。

「そりゃお金は大事よ。だってそれ以外の客観的な基準が、この資本主義独り勝ちの時代にある？　金さえあれば、国家がおかしくなっても海外出られる。とにかく選択肢が広がる。貧乏人は悲しいけどそういうわけにはいかない。お金がないと君、病気になっても保険適用外の治療受けらんないし、つまり惨めに死ぬしかない。不当逮捕されても、やる気のない国選弁護士しか付かないし、それもやっぱり死の宣告やからね。働く気のない国選弁護士って君、見たことある？　ホンマその光景、絶望的よ？　人の人生なんやと思ってんねんって俺、日本中に響き渡るぐらいの大声で叫びたかったもん、そんとき。おまえは司法試験受けたとき、理想を高くもって弁護士なろうって思ったんちゃうの、って血を吐く思いで叫びたかったもん、そんとき。——だからなお嬢さん、お金がないと普通に生きていくことすらできないのよ。それをこの平和ボケした小市民たちは、なんにも知らずにそのときになってみないとわからずに、ただノホホンと生きてる。なんにもわからず、お金なんて汚い、とかって綺麗ごと言うてる。偽善にまみれてるよ、この国は」

「お金があれば夢を現実にできる。それが真実。僕は今、アフリカの砂漠地帯に雨を降らせるっていう開発に力入れてんだけど、そういうロマンも結局はそう、お金があってできることよ。買収工作なんて向こうじゃ普通のことだからね。郷に入れば郷に従え。偽善はなんの役にも立たない」

「僕は旅行が趣味なの。そして僕が旅して何が喜びかって、やっぱりお金持ってることだね。というのもね、お金持ってればその行った土地の先々で、お世話になった人たちに、感謝の気持ちを込めた最大限の大盤振る舞いができるわけ。彼らも大いに楽しんでくれて飲んでくれて後腐れなくて、最高の体験だよ。最高の笑顔を貰える。こんなの貧乏旅行で通り過ぎるだけで味わえる？　土地の人のありがたみを、ただ『ありがたや、いただきます』の姿勢だけで一方的に得ようなんて、失礼極まりない話よ。違う？」

こうした一連の悠木のスピーチを、初美はまっすぐ聞く姿勢で耳を傾けていた。しかし次に口を開いたときには、こう言っていた。

「悠木さん、頼みますから、もうちょっと私たちを本気で羨ましがらせてくれませんか？　こちらの中原さんもそうやったし、結局、悠木さんもあんま変わらんみたいですね。もうちょっと本音で話してほしい。そんで、私たちを心底嫉妬させてくださいよ。私たちを身悶えさせてください、お願いですから」

さっきまで気持ちよさそうに弁舌をふるっていた悠木は、その舌の動きそのままに、「……最近じゃあドバイなんかよかったけど。向こうの王女様とも同席して」と一応答えるが、答えたあとにどんどん表情が曇る。

初美は隣の徳山を見て、打って変わって朗らかに、

「どうです？　この悠木さんみたいになりたいです？　なりたい言うなら私、一千万でもなんでも出しますし、キャバの客に頼んだりセミナーにでも出たりします。なん

でもしますよ。で、それで、……四十代でのセミリタイア人生目指します？」

　その一千万円はフェイクの設定やろが、と心のなかでツッコミながらしかし、その金額があろうがなかろうが徳山のこの場面での返答は決まっていた。だから即答する。

「いや、全然なりたくない」

　その回答にまったく満足したらしい初美は悠木のほうに向き直って、

「ああいや、よう喋りはりましたよね、悠木さん。でもおかげでわかったのは所詮、ネットワークビジネスなんてお金儲けを目的とする以外の何ものでもなく、そんでもってこれが、才能も財産も知恵もない人間が成り上がっていくための手っ取り早い方法でしかないってこと」

　うんざり、というふうに初美は手をひらひらさせながら、

「仲間、とか、夢、とか、他人のために生きる、とか、チャリティ精神？　革命？　そんなもん、人集めのための宣伝文句、エサ、手段でしかあらへん。ま、手段を手段と金づるたちに気づかせないためにはそれこそ本気の演技が必要かもしれんけど、でもその演技に自分自身まで洗脳されてたら、まったく世話あれへん。しかもまさか偉いさんの悠木さんまでそんな自家中毒にかかってるなんて、ホンマ、がっかりです」

　自家中毒って国語のテストに出てきそうやな、と受験生の徳山は考える。選択問題で意味問われそう。

「結局、君はここに何しに来たん？　何が目的？」と悠木。「どうせ最初から僕らのカンパニーに参加する気なんてなかったんだろ？」

「全然そんなことない。私は、悠木さんに私たちの心を開いてほしかった。私たちは素直な気持ちでここに来ましたよ、そうは見えなかったかもしれませんけど。でも、——求める肝心の言葉がなかった。期待してた悠木さんの本音の言葉が全然聞かれなかった。まあ、そもそも私に決定権はないんですけどね……」

「本音、本音、ってさっきから何？」と、おとなしくしていた土橋がいきなり高い声で抗議を示す。「あんた、悠木さんほど本音で話す人、私知らないわよ」

しばらく黙っていたのに怒るポイントがそこかよ、という肩すかしもあったがそれより何よりその、女言葉だった。オカマやったんかこの人、と徳山が思う間もなく初美がぴしゃりと、

「ちょっと黙っといてもらいます？　この似非オネエ、本気のクィアでもないくせに！」と言い放った。その勢いに土橋は気圧される。クィアの意味は初美との会話ですでに学んでいた徳山だったが「本気のクィア」とはどういうことなのか、文脈としてこれは正しいのか初美に訊いてみたい。ただもちろん、初美はこの土橋を踏み台として利用したのみだ。

再び悠木に初美は、

「もしかしたら本音でなんかもう話されへんのかもしれませんね、職業病で。一銭の得にもならんことには動けない身体になってもうてる、とか」

　そしてしばらく静まり返る。

　悠木が指をぐるぐる回しはじめる。宙で、それがモーターかのように人差し指をしつこいぐらいに回し、

「……さっき言ってたけど」と口を開く。「決定権ってなんのこと?」

「うちの久志君さえ参加したい言うんやったら、私は喜んでそれに従うつもりでした。でも、訊いたらそんなふうでもなさそうやし」

「誰? 久志君て」

「ああ俺です」徳山が手をあげる。今日の俺は透明な存在やな、と自嘲する。

「じゃあ自分で必死に稼いだ金を男に貢いでんの?」

「貢ぐ? ちゃいます。あんたさんの言う『人のためにお金を使う』ってやつです。むしろあんたたちのしていることよりずっと信頼のおける投資」

「やかましいわ。単なるヒモやんか。ああおまえはヒモか?」

「俺は俺でちゃんとバイトしてます」

「バイト」悠木は笑い、「時給八百円でどうやったら一千万の貯金貯まんねん」と吐き捨てる。徳山はいちいち時給額の訂正はしない。

「ま、ええわ。じゃあヒモさん。そんなんやったらな言うとくけどな、お金があれば、今みたいな惨めな思いせんで済む。しかも、はした金やなく、それ相応の額の金があれば、こんな口うるさい女、いくらでも替えがきくからな。この女よりもかわいいネエちゃんを、二人でも三人でもいっぺんに抱ける。命令、なんでも聞かせられる。芸能人の卵も抱けるし、海外でのナイトクルージングで、乗せたコンパニオンをみんな裸にしていつでもどこででもセックスできる。金さえあれば、年齢もスタイルも国籍や人種もよりどりみどりや。そんで何十倍も何百倍も気持ちよくなるヤクも手に入る。ええか？　薬物なんかでバタバタ死んでんのは、混ぜ物たっぷりの粗悪品しか手に入らん貧乏人だけや。だから酒も女もヤクも、それから弁護士も、高級品であれば高級品であるだけ身体にもええ。そういう稀少価値のある本物が手に入るのはまたハイパーなリッチ層だけ。少数の金持ちが地球を回し、金持ちだけが本物の人生を味わえるんや。——おまえ、羨ましくないなんて、絶対言わさへんぞ」

なんやしっかりした関西人やないか、なんで中途半端な東京訛りを入れてたんやろ、と徳山はまず思う。

「おまえ、どんな家に住んでみたい？　想像してみろ。そのおまえの理想の家に俺は住めるから。どこに行ってみたい？　何を見たい？　何を手に入れたい？　どんなものを食べたい？　どんな女を抱きたい？　芸能人とか有名人の誰に会いたい？　おまえ本物の音楽って聴いたことあるか？　それも自宅に招いてやで？　俺はそれを全部できるから。おまえのチンケな理想をすべて現実にできるから。なんでか言うたらな、俺には金があるからや。それが真実や。羨ましいやろうが、このクソガキ！」

そして徳山は今感じていることをそのまま口にしていいかどうか考えていた。これは言葉として出さないほうがいいような気もするし、あるいは一方で、表に出すことでの耐性検査に乗せてみたい気持ちもあった。

結局、

「ちょっと自分でも簡単には信じられへんことやねんけど」と言ってみる。誰にともなく口に出してみた。「俺は今の話聞いても、ちっとも羨ましくない。ホンマか、と自分でも思うんやけど、うん、いやあ、羨ましくないなあ」

「どう？」と、これは初美に向かって。「俺の言ってんの、強がりとか建前に聞こえる？」

「いや、大丈夫です。そんなふうには聞こえません」

初美は徳山の手を握ってくる。

「そやろ？　自分でもびっくりしてんねんけど、こうして言ってみても、自分の言葉が自分に嘘に聞こえへん。どうもやっぱ本音っぽい。そんで、ついでにもう一つ言えば、普段の俺はもう自己嫌悪ばっかりやねんけど今のこの瞬間だけは、俺が俺であって、あの人じゃなくてホンマによかったと思ってる。運命に感謝したいぐらい。……うん、これも大丈夫やな。よかったわ」

何も聞いてないふうに悠木は、鼻をすすりながら、

「おまえはクズ。おまえらはゴミクズや。本来ならこうして俺と同じテーブルで話できる立場にないのよ。世界のそういった仕組みをちゃんと理解して今日は帰りな」

それまでずっと静かにしていた中原がすぐさま席を立った。でも彼に追い出されるまでもなく徳山と初美もすっと腰を上げていた。手を握ったまま二人してエレベーターのほうに向かう。

エレベーターのボタンを押して何気なく徳山が後ろを振り返るに、そこに藤倉もいた。

「何？　おまえも一緒に帰るわけ？」

「いや、俺は残んないと」

「えらい説教されるんとちゃう？　半殺しにされるとか？」言ってすぐに悪い冗談を言ったと徳山は反省する。

「そんなわけないやん」と藤倉は薄く笑う。「まあ俺も変なふうに言ったし、今日のこんなことあったから誤解してるかもしれんけど、ここは何も、地下組織の秘密結社ってわけやないんやし、当たり前やけど俺らのやってることは合法やし、暴力沙汰な

んて絶対ありえへん。俺たちはただ普通に集まって、仲間作って楽しんでるだけやから。遊びの延長にちょっとしたビジネスがあるって感覚やから」

「それがあいつらの手口。カジュアル感覚に誘う」と、エレベーターの階数ランプを見上げたままの初美が呟く。

「そうかもしれんけど」藤倉は肩をすくめる。「俺は俺で気楽にやってくから。俺たちはただちょっと、お金と労力をかけて夢と青春を買ってるだけなんよ。俺たちだって全員が全員、ここのことを信じきってるわけじゃないし、普通に批判もしてるよ？　俺たち全員が、洗脳されたカルト集団ってわけじゃない。まあ似たような奴はいるけど。でも俺自体は、おまえの知ってる中学んときから変わらない藤倉雄大そのまんまよ。それは確か」

　エレベーターが来て、初美と徳山はその明るい箱に乗り込んだ。

「じゃ、ま、心配することないんやな？」と徳山は訊く。一階のボタンを押す。

「ああもちろん。でもな――」と藤倉が言いかけているところでエレベーターの扉が素早く閉まる。古いエレベーターだから閉まる速さにためらいがなかった。

　せっかくやから鴨川沿いを歩こう、と二人は決めていた。

商店街の光と人通りに再会し、イルミネーションに照らされた高瀬川まで抜ければ先ほどまでの空騒ぎが遠い過去のよう。外国人観光客の姿に徳山は安堵を感じる。先斗町の提灯明かりに照らされた初美の横顔は、まるで疲れを知らない。いろんな意味でとにかく体力がある、というのはこの数ヶ月のあいだで知った初美の情報の一つだ。鴨川を目にしたと同時に水流のけたたましさが耳に入る。建物に邪魔されなく広がる夜空に星はない。

初美が言う。

「簡単に比較していいかわかんないですけど、うちの店に時々『オレオレ詐欺』やってる連中ってのが来るんですね。まあアホみたいに自分たちのやってることをべらべら喋って、お金使いまくって、とにかくノリだけで生きてる無自覚で無反省で無個性な集団」

「そんなんが、あの十三の店になんか来んの？　夜の部のほう？」

「あ、いや、実は私、今月から新地の店で働くことになったんです。十三はもう朝だけの出勤で、それも今月いっぱいで辞めます」

知らなかった。徳山は少なからずショックを受ける。十三では一緒に待ち合わせて帰るようなこともなかったから、彼女のスケジュールはほとんど把握していなかった。彼女の仕事に関することはできるかぎり聞きたくないというのもあった。

「店って、同じキャバクラ？」

「そうです」

途端に自分の恋人がそういう職業の人間ということに、負担を感じる。これまではそういうのを感じないでいられて平穏だったのだが、新地という、徳山にとっては「本格的に大人な町」に彼女が「進出」することになると聞くのは、今というタイミングの悪さもあったが、現実感の重さが彼の未成熟な器をゆうに超えていた。

それにまた初美のあっけらかんとした態度があった。そんな（徳山にとって）大事な報告をこれまでしなかったということに、まったく悪びれる態度が見られない。職場を変えるなんてことは必ず言ってくれるはず、という徳山の思い込みがあった。自分の勝手な信頼が恥ずかしいし、その恥ずかしさの反動から初美のつれなさを恨みたくもなる。

徳山の落胆に気づかぬふうの初美は自分の話を続ける。

「その『オレオレ詐欺グループ』は、まあヤンキー学生たちの発展形でしかないから、やたら感動話が好きなんですね。酒飲んで男同士で、やたらよう泣く。このあいだもそいつら飲みに来て、なかのボス猿みたいなんが『ちょっと泣ける話があるんやけど聞くか？』って言ってきて、聞けばどこかのおばあちゃん騙して手に入れた三百万があってんけど、そのおばあちゃんになぜか同情した部下の一人が半額をおばあちゃんの家の郵便受けに返してもうたって。だからその部下をボコボコにした、半殺しの目にあわせた、って。で、後日その部下が復帰したときに、『――あんときは他の奴らの手前もあったけどホンマはそんなおまえが俺は大好きや、って、おもクソ抱きしめたった。そいつも感動してオイオイ泣いてたよ』って言う。……いやいや全然、全然泣けないし。全然感動できへんからって。何その話って」

自身のショックをまだ解消しきれていない徳山は、適当に相槌を打つのみ。

「私が小説を嫌いなんは」と初美。「そこにある『感動』が嫌いやから。『物語』が嫌いやから。物語や感動は決まって悪用されます。で、さっきのあの人たちも、そこを利用してそこに溺(おぼ)れて我を失って、それでまた、上層部の人間は冷静に自分たちの嘘を嘘だとわかってんのかというと、意外にそうじゃない。自分たちの作ったフィクションに自分たちも溺れちゃってる。『オレオレ詐欺』の連中と同じ。リーダーみたいなんが『俺たちのしていることはジジババが貯め込んだお金を吐き出させて社会に還元する、お国のための奉仕活動や』って得意気に言ってて、自分たちを正義の海賊みたいに見なしてて、それでそんな偏差値の低い嘘をリーダー自身もまた本気で信じて涙浮かべてんだから、どうしようもない。超つまんない。退屈、死ぬほど退屈」

ここで徳山は思っていたことを試しに言ってみた。

「でもとりあえず、さっきの店の、客として来てたほうの子たちには、なんか団結感みたいなもんがあったよな？　見てたらギャルみたいなんとオタクみたいなんとの隔たりがなかった。隔たりなく楽しそうに話してて、なんか不思議な光景やった。純粋な仲間意識というかクラス分けがないというか、ユートピア的で平等な人間関係というか……」

そういうのに憧れがあるのは、ひょっとしたらおまえも同じやないんか、との言外の投げかけがある。

「そりゃ相手がお金に見えるからですよ」と初美はしかし答えが早い。「人間性を奪われてお金に換算されて、そうなったら見た目がどうこうとか年齢とか、話がおもしろいかおもしろくないかとか、関係なくなる。みんな平等に円単位になる。おべんちゃらも気遣いもイベント参加も、誠実さも人助けも友情も色恋も、全部先行投資として帳面に書けるようになる。『みんなが一人のために、一人はみんなのために』なんて歯の浮くようなスローガンがそのまま実利になるからこそ、真実になる現場。純粋で平等な仲間意識だなんて、そんなのただのクメール・ルージュですよ」

ぐったりした足腰の重みと酔いと眠気の混交のなかで徳山は、ちろちろと焦げついた性欲のみを確として感じていた。あの、よう喋る上唇のめくれた裏側のところがキスのとき、ひんやりして気持ちいい。歯と歯の当たるのもいい。この疲れを丸ごとぶつけてやりたい。

流れる川を背に、ちょうどファイアー・パフォーマンスが始まろうとしていた。坊主頭の大道芸人が口上を述べている。すぐそばのギター弾きは客を取られて寂しそう。斜め上の中空に川床の席が突き出て輝いている。――しかし、そのどれにも初美は一瞥も向けない。

「単純にダサい」と初美が、言い足りなかったみたいにして急に続ける。「あいつら、ああいう人種、究極ダサい。思いません？　なんでみんな似たような生きモンになるんやろ？　いわゆる『成功者』ってみんなそう。うちの店に来るそういう人たち見てても思う。みんな似すぎてて、うんざりしますよ。カリスマなんて周囲が作るものです。実態は空洞。似たような生活スタイルに似たような台詞、おんなじ行動パターン、組み込まれた遺伝子パターンにちっとも抵抗しようとせえへん動物が、その空洞内にいるだけ。『霊長類ヒト科成金属』みたいな。……どうかしました？」

「いや、ちょっと疲れたかなって」

「やったらタクシーで帰りましょう」

「こっから？　かなり金かかんで？」

「いいんですよ別に」

それで徳山はしかしタクシーで帰れると聞いて、ほっとしていた。やっぱお金はありがたいんやん、と皮肉と情けなさを覚える。

「キャバ嬢はどうなん？」と徳山は口にしていた。「キャバ嬢やってて、いかにもキヤバ嬢ですっていう行動パターンになったりせえへんの？」

　初美はちょっと笑って、

「霊長類ヒト科キャバ嬢属？」

「ん？　まあ」

「正直に言います。私もやっぱりその罠からは逃れられへん、とも感じはします。私もどっか、買う服とか香水とかのブランドの傾向、会話で使うフレーズとか所作とか、なるべくそこから離れようと意識しているつもりなんですけど、型に嵌まってきてもうてる。最悪、ごてごてのミンクファーのコートとか平気で着るようになるかもしれん」

「まさか」と徳山は笑ってしまう。

「いやホンマですって。現に気づいてはるかどうか、私、徳山さんのグラスに水滴ついてたりしたら思わずハンカチで拭き取っちゃってたりしてますもん。で、そういう水商売っぽさを出したくなくて、あえていろんなことに気づかないふりしてたら、逆に気の利かない女に成り下がってて、元も子もない。ホンマ徳山さんが煙草吸わへん人でよかったって……」

「ああそういうのわかるわ」と徳山は思わず。「……いや、わかるっていうのは俺にもそういう部分があるから。俺、医者の息子として、市販の薬なんか絶対買うな、処方箋のない万人向けの薬なんて意味ない効果ない、ってずっと聞かされて俺も最近までそう言いふらしてて、だけど、逆に今はその反動で市販の薬ガバガバ飲んでるもんな」

勢い込んで話しはじめた徳山は言いきらないうちに論点を見失っていた。「あれ？」と首を傾げる。「違うか、そういうことじゃないか」

「いやそういうことです、そういうこと。でもまあ、生きるってそういうことなんでしょうね、悪い意味で。……生きるって、長生きするって、そうして塵が積もってゆくこと。そんで私は塵を金の粉と無理やり思い込むのは嫌やし、塵は塵やって言っときたい。人生経験なんて塵でしかない」

「塵が積もって山になっても、塵の山じゃ嬉しくないもんな」と徳山。「じゃあ、塵が積もらん生き方は？」

「ないんでしょうね、ないですよ。キャバ嬢だからどうこうやなく、どんな職業でも、医者だろうが弁護士だろうが政治家だろうが、革命家だろうが宗教家だろうが芸術家だろうが専業主婦だろうが、結局そこの型に私たちは嵌め込まれる。生きてるかぎり、逃れられへん」

「どうせ逃げられへんのやったらもう、しゃあないんちゃう？　ある程度受け入れたら？」

「嫌です。妥協して生きて、卑しくなって醜くなんのは絶対に嫌です。あえての全肯定なんて、所詮やっぱりただの全面降伏」

「じゃあどうすんの？　死ぬんか？」

「それもいいですねえ！」と初美が声を上げる。鴨川の川面をその声がよく渡る。

「アリストテレスもこう言ってます。『私たちの目的は生を楽しむことではなく、数ある害悪からできるだけ逃れることだ』って」

「また小難しい名前を……」

「いや私もちゃんと憶えてるわけやないんですけどね。又聞き、又読み？　――アリストテレスだかプラトンだかも曖昧やし。とにかく、二千三百年以上前のおじさんの言ったことなんて、そない重きにおかんでもええんですけど」

「へえ、プラトンとかってキリストより古いんや？」と何気なく言ってしまって、また恥ずかしい思いをする。

「ええそうです」と、さらりと初美。「とにかく、……『幸福は夢に過ぎなくて苦痛こそが現実』です」

まっすぐに徳山の顔を見て初美は言う。

「いっそ、死ぬっていうのはどうです？」

「何を言うとんねん」と徳山は笑う。川沿いの他のカップルたちをちらりと見る。彼らはいったいどのような会話をしているのだろうか。

「いや本気で。長生きしてもなんにもないですよ。悪くなる一方。死ぬなら一刻も早いうち、若くて傷の少ないうちがいいです」

「何言うとんねん」

「死にましょうよ。心中しましょう。それが私たちの取れる唯一の脱出策です。唯一の、まともなままでいられる生き方。意志と目的と結果が一致してしかも成功の一点がそのまま永遠となる唯一のアイディアです。ね？　心中しましょうよ」


初美と付き合うようになっておまえは変わった、と誰もが言う。そう指摘されても徳山は否定できない。

夏が過ぎようとしていた。

初美の家での勉強はむしろ捗った。十三のアパートにはなかったエアコンがそこにはあるからとか、タイマーが鳴ったあとのご褒美が待っているから（スケジュール管理に彼はキッチンタイマーを使っていた）といった理由もあるが、それだけでない集中力を増幅させる何かが初美にはあった。決めた学習時間が始まると初美は一切話しかけてこなくなる。読書したりネットサーフィンをしたりする。そういうときの彼女はまったく存在感を消していた。沈黙のなかの気遣いの息吹すら感じさせない。しかしそこにちゃんといてくれていることが、励みになるし温かいし、参考書に深く没入させてくれる見えざる手ともなる。

あの悠木から初美が受けた、たった一つの影響らしきは、彼が裁判の話など持ち出したせいだろう、しばらく「冤罪」をテーマにした話をしたがるようになったことだ。いろんな事例をいつものごとく縦横に披露してきたあとで、猫がミルクを飲むときみたいにして舌先で一心に舐め渡してくるその貪りぶりを示しながら、「しょうもない保身のために、事務的に、人の一生を台なしにするのもおれば、逆に、冤罪被害者の、名誉を傷つけるような噂をマスコミに流すことには勤勉って、そんなのもおる。そういう連中は法的には裁かれず、でも実際の人殺しと、その善悪の差は、いったいどこにあるんでしょうね」と、綺麗に直角に曲がるその舌の先端。

「自白の強要――」初美は性的に高まってくると瞳が潤む。泣いた顔を一度も見たことはないが、こういう涙目はしょっちゅうだ。「私は、どうなんやろ？　耐えられるんやろか？　完全黙秘を貫いたおばさんも、おったことはおったし、ちょっと試してみたい気もします。してない罪の告白とか、――でも私好きそう。自分の罪をどんどん捏造すんの好きそう。そやけど、ま、自分の意志力を、ちょっと試してみたい気もします」

取り調べを一度受けてみたい、と言う女の子にたまらなく欲情するのは、いったいおかしなことなのだろうか。

　またそういう話題が呼び水にもなってか初美は、首を絞めてほしいと求めるようにもなっていた。

「さすがにそれはおまえ、変態すぎるやろ?」と徳山が突っぱねるも、

「いいからいいから」と初美はそれがなんでもないことのように言い、どこをどのように押さえたらそれほど力を入れなくても効果的なのか、ということを徳山の手を取って説明する。自らの左右の頸動脈に彼の両手をあてる。絞めてみて、と求める。今度は喉仏あたりに手を持っていって、ここを指で押さえるのもしてほしい、とやはり潤んだ瞳。やってみて。もうちょっと強く。すぐやめないで。大丈夫、悪いことなんてなんにもない。徳山さんにも気持ちいいことになるはずやから。

　それで、——それは確かに気持ちのいいことだった。精神的にも実際的にも。横からの急な圧迫に奇異な声音を漏らして咽ぶ、涎が喉に入って咳き込む、首に幾条もの血管が浮かぶ、舌が出てきて宙をさまよう、黒目がどこかあらぬ方向を見る、手を離すと空気を求めて喘ぐのだがそのときの形相には徳山の見たこともない原始的なものが貼りついていて、理性の光がまったく消えていて、新鮮だった。ひどくみっともなくて新鮮で愛おしい。原形が美しいからこそ余計に破壊的で、ひどくそそられる。

形岡容子がどうも苦境に立たされているらしい、という話を徳山は内場から聞いた。どうやらひどいパワハラを受けているとのことだ。——そんな話は、初美の影響にどっぷり浸かっている今の徳山にとって大好物に決まっている。だから休憩室などで内場たちと話す機会があれば、それが日浦の前でも、構わず徳山は調子よく冗舌となった。それで初美の言いそうなことを自分の意見として撒き散らす。

なんとか形岡容子の事情を聞きたいとすがる徳山に、しゃあないなあ、といったふうに内場は早番のときに飲みに付き合う。斉藤もついてきた。カウンターだけのジンギスカンの店。一人きりの男性店員との距離が近い。

聞けば、現在はSVとしてエリアマネージャーの下についていて働いている形岡だが、その直接の上司がどうしようもなく陰険で、驚くほど口さがない男で、真面目で融通の利かない形岡とは相性も最悪だという。

「なんや『顎お化け』って呼ばれてるらしいで」と内場。

「は？　なんで？」と徳山にはまったく思い当たらない。

「若干、しゃくれとるやん。しゃくれてるっていうか、噛み合わせが悪いみたいにして、ちょっと横にずれてるやん顎が」

「顎が？」

「おお」

「え、全然そんなふうに思ったことないわ。……おまえは？」と徳山は斉藤に訊く。

「まあ若干」

「へえ、わからんかったわあ」

「ま、さすがにセクハラまではないようやねんけどな。守島、結婚してるし」

「あ、あの守島さんか。あのヒョロッとした？」

徳山はその守島マネージャーを、なんとなく見た憶えがあるというだけだったが、内場や日浦、それから斉藤までも、その守島とは飲みに行ったことがあるという。

「どんな人なん？」

「いや、飲むだけやったら普通やけどな。日浦はよう一緒に飲みに行ってたけど」

「日浦さんが？　なんで？」

「金払いがいいからって」と内場は笑う。

「俺は嫌い」と斉藤。「自分のことばっかり喋って」肉を追加注文する。「なんか仮面ライダーの劣化版で実は敵のスパイやったって感じ」

「わからん」

「ま、守島はツーリングが趣味やしな。……それはともかく、仕事はちゃんとやってるほうやとは思う。ていうか噂に聞く他のエリアマネージャーもひどいの多いからな」

「具体的なパワハラの内容って何よ？」

「ま、俺も直接見たわけじゃないんやけど……」と内場はいろいろと話してくれる。

形岡のことを「顎お化け」と呼ぶことだけですでにアウトのようなものだが、そこに至るまでにも守島は彼女のことを、仕事ができない、とか、女だから甘えてる、とかネチネチと責めていた。休みを取らせない。朝まで残業させて、店舗の大掃除（業者に任せるべきレベルのもの）を命じる。一日十六時間労働、なのにうまく眠れない。現場と本部との板挟み。理屈っぽい罵倒と嘲弄を受ける毎日。

「形岡さん、仕事ができなくはないやろ？」

自信を持ってそう言って徳山は彼らの反応を待ったが、しかしその表情は期待どおりのものではない。

「え？」と徳山。

「うーん、いや、教育係としてはええと思うよ。接客も悪くない。でもなあ、他ではなあ」

「あ、そう？　へえ、意外」

「形岡さんは適当にするってこと、知らないんだもん。だから仕事遅かったりするし。特にキッチンでは」と斉藤の評。

「ふうん」

それから徳山がいくつか例示されて聞かされたのは、内場による形岡批判だった。斉藤までが彼女をあまり好ましく思っていないふうに言う。確かに仕事はできないほうやった、とか、すぐに落ち込みがち、とか、まっすぐすぎて面倒、とか、そもそも空気読めない女でちょっと扱いづらいわ、とか……

内場が言う。

「ま、でも、話戻すと、守島だって他のマネージャーに比べたらまだマシかもしれないって、これは容子も言ってたことやけどな」

「他のってそんなにひどいん？」

「聞く話やと、まともにマネジメントもできんから現場に回されるけどそこでも使いものにならんくて、それでそのフォローは結局ＳＶ以下全員でやらなあかん。でも態度だけはでかい。権力もある」

「切ない話やな」と徳山。「あの人も、こんな会社、さっさと辞めりゃいいのに。そんなしんどい思いしてまで、しがみつかなあかんようなとこか？」

「辞めてどうすんの？」

「他の会社、他の職種でも探せばええやん」

「ようそんな簡単に……」

「そんなパワハラ受けて、一緒に楽しく働いていたはずの昔の同僚からは、こんな陰口叩かれて――」

「別にこんなん陰口ちゃうわ」

「ですよ」と斉藤。

「でも、ま、転職してもおんなじかもね」と徳山。「俺たちレベルの人間は、同じ苦痛と同じ退屈さの繰り返し。それで寿命のくるのを長く長く待つだけや。形岡さんにしたって、適当にそのへんの男捕まえて結婚してそれで、その先の何十年と続く退屈な主婦生活を辛抱するしかない。わからん。しんどい。俺たちに他の選択肢ってないんかい」

内場が、しばらくのあいだ徳山の顔をまじまじと見つめる。

「何？」と徳山が問うも、それに簡単には答えもせず、じっとその大きな顔を向けて凝視してくる。やがて徳山も顔を赤らめるしかない。目を逸らすしかなかった。

「おまえ自分で何言ってるかわかって喋ってんの？」

「わかってるよ」と目を逸らしたまま反発する。と同時に初美のようにうまく喋れない自分がもどかしかった。「おまえらだってこの先どうすんねん？　何考えて生きてんねん？」

「なんやそれ？」内場が冷笑する。そして斉藤に向かって「おまえ言うたれ。夢語ったれ」

「はい」と斉藤は姿勢を正し、「俺は、ミシュランの一ツ星をゲットする寿司職人になるのが夢です」と溌剌と言う。

「なんで一ツ星限定？」と徳山。

「謙虚さ？　なんか三ツ星より星一つのほうがシンプルでかっこよくないっすか？」

「かっこいいかっこいい。乾杯」と内場が腰を浮かせて斉藤の席までグラスを持っていく。

「内場は？」

「なんや？」

「目標、人生プラン」

「ないない、そんなんない。そんなん考えてたらおまえ、おまえみたいに性格暗なってまうわ。……あんなあ、アホがアホのくせにいろいろ考えても余計にアホな結果になるだけや。アホはアホなりにアホとして、アホなまんまに生きて死ねばええねん。しょうもないこと考えんなアホ」

　普段あまり喋らない内場からこんなふうに繰り出されると、肌の荒れた大きな顔面の持つ説得力と相まって、返す言葉がなくなる。アホはアホなままに、というのもそれがいいような気もするし、そうできれば肩の荷も降りそうだ。また、こんな場合に初美ならどう答えるかとばかり考えている自分に嫌気がさすのも手伝って、ますます徳山は何も言えなくなる。

形岡容子が古巣の十三店にヘルプとして入ることも、稀にある。しかし形岡は見るからにやつれて元気を失っていて、店長とのやりとりと客対応だけで精一杯という様子で、とても挨拶以上の言葉を徳山は彼女に投げかけられない。

その日、まかないのチャーハンとオムソバを手に徳山が休憩室に入ったとき、そこにはすでに形岡と日浦が深刻そうに膝を突き合わせていた。

休憩室の壁を挟んだ隣がキッチンだから、室内は油臭い。

徳山は日浦と形岡に「お疲れ様です」と小声で軽く会釈してから、二人に背を向けた格好で、できるだけ離れて壁際に座った。コップを床に置く。聞きたくなくても聞こえてくるからしゃあない、というスタンスを自分に言い聞かせながら彼らの会話に聴力を集中していると、

「正直もう辞めたい」という形岡の声が聞こえた。

「なんでやねん。辞めるのは守島のほうやろ」と日浦が言う。

「だってもう限界」

「あれや、上のほうにも話行ってるみたいやし、なんやら対応するやろ。もう少しの

辛抱やって」

こうしてみると認めたくないところではあるが、日浦は男らしい。そして一方、新人時代にあれだけお世話になった形岡先輩のその窮地に、まったくなんの役にも立てないし、かける言葉すら持たないという自分が、徳山は息苦しいほどに不甲斐ない。

ソースとマヨネーズのたっぷりとしたオムソバをおかず代わりにチャーハンを頬張る。水で流し込む。せめて聞き耳たてるなんて下卑た行為をやめるために一刻も早くこの部屋から出ようと急いで食べる。——喉に詰まって咳き込んだ。ぶはっと大量のご飯粒が前方に飛んだ。彼らを背にしていたことだけが幸いだったが、咳き込みながら「すんません、すんません」と背後の日浦たちに頭を下げながら、ティッシュで壁や床に飛んだものを拭き取る。拭き取りながらもう少しで水の入ったコップを足で倒しそうになって、ぞっとする。

「癒し系だなあ」と標準語アクセントの声。徳山は形岡の顔を見られない。「だから十三店好き。いつ来たって癒される」形岡の晴れた表情は見ないでもわかる。気持ちの切り替えに少しでも役に立ててよかった、と徳山は自身の間抜けさを褒めてやりたい。

やがて、

「何しとんねん」と、これは冷たい声の日浦。

「水拭きもしとけよ、吐いたところ。汚ねえから」と徳山に言い残し、日浦は部屋から出た。休憩室に形岡と徳山が二人きりとなる。

二人きりとなったところで、きっかけなしに振り向くこともできず、徳山は変わらず壁に向かって食事をとっている。今度はゆっくりと咀嚼（そしゃく）している。音を立てないよう気を遣う。

「徳山君」と形岡の声。

若干遅れて、「はい」と返事する。

「まあこっち向きなさいな」と言ってくる。言われたとおりにする。丸椅子に座ったままに、くるっと回る。

「元気だった？」

「そちらこそ、ですよ」

「そうね。心配されんのは私のほうよね」

「辞めないでくださいよ、寂しいじゃないっすか」と、数日前に内場たちに言っていたのとは逆の意見を思わず口にしていた。

「うん、辞めない辞めない」

「ま、どうしてもしんどいんやったら、そりゃしゃあないですよ。無理しないでいいです」

「いや、辞めちゃうと徳山君にも会えなくなっちゃうから、それも寂しいから、もうしばらく頑張ってみるよ」

「……そうですか。それなら、それで」

「そんなことより徳山君の話聞かせてよ。幸せな話」

「そんな別に……」

「嘘、幸せなくせに」

「ま、まあ、そんなのは今だけの話で」

薄く笑って形岡は、

「幸せなのは否定しないんだ」

「でも変な彼女で困ってますよ。このあいだも、『心中しましょう』なんて言われちゃいました」

「心中？」

「そう」と言って徳山は笑い声を上げてみせるが形岡は特に同調してこない。――こんなときに悪いこと聞かせちゃったかな、と焦る徳山。「……ま、冗談ですよ」

「冗談で言うの？　そんなこと」

「いや冗談っていうか、まあ彼女としては本気？　でもそこまでリアリティ持ってないですよどうせ」

「どっちなの？　嘘なの本気なの？」

「ま、どっちか言うたら本気です」

　ここまできて、ああ余計なこと言うた、と徳山は汗がにじむ思いだ。でももう引っ込みがつかない。日浦たちにもこの話、広まってしまうかも。それでまたからかわれるかも。

「なんで？　彼女、お仕事がつらいの？」

「いや、ていうか、もとからそうみたい。そういう、駄々っ子みたいなところがあるんですよ、あいつ。でもどうせいつか解消します」

「するの解消？」

「いやわかんないですけど」と徳山は自分で自分の言っていることに笑ってしまう。

「ちょっと、もう少し詳しく聞かせて」

「まあ、厭世（えんせい）主義？　暗い本――戦争の本とか虐殺の本とかそういうのばっかり読んで、ホラー映画やパンクが大好きで、そういう女やから自分を殺すシーンを想像すると、うっとりするらしいんですね」

「自分を殺すシーン？」

　ああどんどん自分の口が滑る、変な方向に行く、と思いながらも徳山は自分を止められない。

「後頭部をバットで思いっきり殴られるシーンとか、ゴルフクラブのアイアンに脳天をかち割られるシーン、――バットは後頭部、アイアンは脳天に、ていうこだわりがあるらしいんですけど、それから包丁で腹を何度も刺されるシーン、ハイスピードの二台の車に挟まれるように轢かれるシーン、回送電車にはねられるシーン、……あとなんやったっけ、空からチェーンソーが降ってきてそれに肩から股にかけて切り裂かれるとか、単純にドアノブのところでの首吊りとか、そんなんを想像すると、うっとりするんやって」

「何それ本気？」

「まあ、変態なんですよ、変態。めっちゃ本読んでるし、偏った知識ですけど、めっちゃ詳しかったりするし、だからそういう子なんです。だから、俺もそういう子として付き合ったらなあかんなと――」

「付き合うって、心中に付き合うってこと？」

「いやいやまさか。ただ彼女の、そういう変態的な部分をありのままに受け入れたらなあかんなって、そういう意味です」

「いやあ」と納得いかないふうの形岡。

「俺だって死にたかないですよ、ホープレスな三浪生でもさすがに」

「彼女が、でも本気だったら？　――彼女のほうが本気で心中を迫ってきたら？」

「まさかあ」

「いや、ほんとに」

「……んー、考えたこともないです。でも確かに彼女の言うことにも一理あるんです」

「一理？　どんなよ？」

「これは別に彼女の意見ばかりってわけやなく、もともと俺もなんとなく考えていたことでもあるんですけど、確かに、この世はまあ、そこまでしんどい思いをしてまで生きてやる価値は、それほどないんじゃないかな、と。長生きしてもつまらなくなる一方やし、未来にたいした希望もないし、痛みのない方法があれば、あっさりここらで脱け出てリタイアしちゃっても別にいいんじゃないかと」

　ふと見るに一条の涙を流す形岡。いきなりで徳山はびっくりする。

「なんでそんな寂しいこと……」

「いやいや待って。泣かいでもええやないですか。ちょっと待ってくださいよ。今ここに誰か入ってきたら完全に誤解される」

「黙って」と形岡がぴしゃりと言う。そして「……ちょっとティッシュ取って」と言ってそれを徳山が手渡して彼女が涙を拭いたり鼻をかんだりしたあとで、

「いったいなんなの？　何言ってんの、さっきから」

いいかげん潮時かな、と徳山は考える。調子乗りました、全部まとめて嘘でした、とか言ってごまかして、さっさとここを出ようか。

しかし休憩時間にまだ余裕はあった。SVとしての形岡に時間の縛りは特にない。

「実際、死に別れも、生き別れも、そない変わらんでしょ？」と徳山は口を滑らせ続ける。「寂しいとか形岡さん言ってくれて、それはそれでありがたいんですけど、正直、数年後にはもう会わなくなる可能性のほうが高いんやから、だったら、自然消滅的に形岡さんの人生から俺たちが消えるのと、単純に俺たちの人生が消えるのと、形岡さんにとって何がそんなに違うのか。ただショッキングなニュースを聞きたくない、ってなだけで、でもそれも、自分がショックを受けたくないだけ、っていう自分本位でしかないし……」

形岡は腕組みをする。その重たそうな胸が持ち上げられ強調される。高圧的な口調で、彼女は言った。

「それも、彼女の意見？」

「いや……」

「ちょっと来て！」と突然に立ち上がる形岡。徳山に近づく。

「は？」と戸惑う徳山の手首を握ってきて引っぱって、形岡は彼を立たせようとする。

「いや俺のオムソバが……」

「そんなのそこ置いて！　いいから来て！」と有無を言わせない。あまり大声を出されると外に漏れ聞こえるかもしれないから徳山も強く抵抗できない。引っぱられて連れられてゆく先は、着替えスペースのほう。「ちょっと――」と徳山が抗議する間もなくカーテンは閉じられて、形岡はそこの扉を外に開いた。ゴミ捨て場に降りられる裏口への扉だ。

外に出た。一瞬気持ちのいい外気だが、ビルの隙間だから空気はよくない。形岡はまだ徳山の手首をしっかり握ったままで、非常階段を屋上のほうへと引っぱる。別に自分で歩けるのに、かえって昇りにくい。

錆びた非常階段を螺旋に昇って、これも錆びている扉の前で、しかし彼女は立ち止まる。施錠がされていた。その南京錠は最近につけられたものらしく、新しい。屋上に出られない。扉前の、縦格子に囲まれた鳥籠みたいな狭い空間に、薄暗いなかに、くっつかんばかりの近さで彼らは進むに進めず立ちつくす。窮屈だから徳山は少し階段を降りる。そのときになってようやく形岡が徳山の手首を摑んでいた手を離した。

格子のあいだから、十三の夜の姿が覗ける。昭和を感じさせる年代物のネオン大看板。下の国道からの車の騒音。九月の生温かい風。バイト入りたてのころに一度だけここに、日浦に連れられて来ていたことを徳山は思い返す。そのときは屋上に入れた。日浦は煙草を吸いながら「ここには絶対来んなって言われてんねんけど、知るかってな？」と笑っていた。そのときは早朝で、十三の全景を二人して眺めた。

形岡もここには思い出がいくつかあるらしく、それを感傷的に徳山に語る。

徳山の頭にあるのは、休憩室に置いてきた食べかけの料理と皿のことであり、店長が自分を探してるんやないかとの危惧だ。

「……だからね」と形岡が結論のようにして言う。「だから、こういう言葉があって、『神様はその人の耐えられない試練は与えない』って、私は今、この言葉を支えになんとか頑張ってるようなところがあるの」

また涙を浮かべて微笑む彼女。徳山は思う——涙ぐむ形岡さん、なんて昔は想像もつかなかったのにこんなにも弱って、と。しかしこうして見ると下顎は確かに左にずれているよう。日浦たちのよくからかっていたその胸の大きさだが、それも心なしか左のほうが大きいようだ（階段を降りているからちょうど目の前にそれが位置している）。

「こういう話があります」と徳山。「これは、……うん、初美から——俺の彼女から聞いたものなんですけど、彼女の、親戚の身の上に起こったことらしいです」

わざとらしく徳山は息を吐く。初美が語りの途中でよくそうしていたからだ。

「結論から言うとその親戚の女性は、二十代半ばの若さで自殺しました。美人さんやったのに。結婚間近やったのに、って」

唇を真一文字にして形岡が徳山を見る。

「自殺の理由は、彼女を突然襲った原因不明の不治の病のためです。この病気が、すさまじいのは、もうずっと常に全身が痛いんですって。ほんのちょっとの刺激があっただけで叫び声をあげるほどの痛みがある。ガラスの破片が全身を這っているみたい、ちっちゃいピラニアの大群に内側から食い破られてるみたい、って。——だから眠れない、決して熟睡できない。彼女はなかでも症状のひどいほうやったらしくて、薬もなかなか効かんかったって。そんでその治療費がまた莫大にかかる。極めつけはその病気が、現代医学では根治は不可能に近いらしいこと。最悪ですよね。逃げ場なしです。それで彼女は、それでも長いこと頑張って耐えて治療に励んで、でも、鬱病の発症もあったらしいけど、ある日、近くの踏切で飛び込み自殺をしました」

そして徳山は尋ねる。

「形岡さん、憶えてます？　昔、アルバイトで入った四十七歳の柴田さん」

「……うん、憶えてる」

「あの人、結局一ヶ月ぐらい耐えて、それでもやっぱり辞めちゃったけど、でも子供も二人いて」

「確か娘さんが二人」

「ああそうそう。習いごともすべて諦めてもらったって。——で、柴田さん、以前は上場企業の人事課にいた、採用する側にいたって言ってて、俺にも最初は敬語やったんですけどすぐにタメ口になって、まあ俺もそのほうが気い楽やったんですけど、それで、でも、鬼軍曹の日浦さんが現れる。娘が二人いる四十七歳の新人を徹底的に叩く」

「いかにも日浦が嫌いそうなタイプだったからね、柴田さんは」

「なんにせよひどすぎる。他にもまあ、日浦さんの被害者はたくさんいたけど、でも柴田さんがいちばんの犠牲者やった。日浦さんはもう初日から〝オッサン〟呼ばわりやったし、洗い場んところで相当長い時間説教されて、あとで休憩中に俺が柴田さんに『大丈夫っすか？』って訊いても上の空で、むしろ『俺が仕事遅いのが悪いから。迷惑かけてごめん』とか言いよる。とても上場企業の人事課にいた人とは思えん覇気のなさやった」

「あの人のことは、私こそがもっとなんとかしてあげるべきだった。後悔してる」

「酷な質問かもしれませんけど、そういう後悔の対象ってどれぐらいの数います？　なんていうか、見殺しにしてきた人数？」

形岡の言葉を呑むのが徳山にも伝わる。言いすぎた、とさすがに徳山は反省する。

やがて形岡は、鉄格子を握っていた手を離して徳山の肩のあたりを拳で、ドンと叩いてくる。

「ちょっ」徳山は階段を背に立っていた。

しかしもう一度、叩いてくる。今度は強めに。

「ちょっと、危ないじゃないっすか。階段ですよ？」

しかしもう一度、叩く。

触りたくなかった手摺りを徳山はたまらず握る。

「なんなんですか？」と徳山。ただそれほど危なくはないし、痛くない。

「似合わないことを」と形岡は言う。「噂どおり、やっぱりよくない彼女みたいだね」

なんやねん噂って、と徳山は苦々しく思う。

「どうしたいの？　その彼女と徳山君は」

「どうしたいって、何？　別に、普通に結婚したいですよ、初美と」と、以前に藤倉からほぼ言わされていた内容を今度は自分の主張として答える。

形岡は打っていた拳を、ポンと徳山の肩に置く。うつむいているから泣いているのかと思ったがそうではなく、しかし沈んだ面持ちを薄暗闇のなかに浮かべている。

「とにかく、死んでもいいだなんて言い出して、よくないね」と形岡はようやく言う。

「徳山君にとってよくない。ていうか、らしくない。徳山君らしくないよそんなの。

……やっぱり悪女だった。それも想像以上の」

「悪女って……」

反射的に徳山は、魔女狩りの火刑となる初美の姿を連想する。またそれがよく似合う初美だった。

「死ぬなんて言わせない。絶対に私が言わせない。本気だろうと冗談だろうと、私が絶対にそんなの、許さないから」


十一月も半ばになり、徳山は懲りずにまた菅野圭一と会うことにした。菅野からしつこく誘いがきていたからというだけではなくむしろ、籠りきりでの勉強ばかりの反動として、あるいは禁断症状のようなものとして、安くて美味しい食べ物をたまらなく欲していたからだった。そんなのは一人で行けばいいし実際に行ってもいるのだが、しかし有名店で一時間以上並ぶような場合や、連食をしたい場合などは、菅野と行くのがやはり効率よかった。かつて毎週のように食べ歩いて楽しかった思い出が、食い気と一緒になって徳山を丸め込む。また、初美のほうはますます食が細くなっていた。何も食べないで済むならそうしたいくらい、と言っていた。エネルギーを摂ることに嫌悪感がある、とまで言う。

そしてそうと決まって徳山は計画をする。この計画そのものがまず楽しい。淀屋橋でカレーを連食するか、讃岐うどんを求めて神崎川から東三国まで食べ歩くか、それとも京都駅まで出て近くの朝ラーメンから銀閣寺に行って時間をつぶして天下一品の総本店詣りをしてさらに修学院のほうまで足を延ばすか。

今回は阪急京都線のラーメンを攻めようと徳山は決めた。菅野に提案して「いいねえ」とすぐさま賛同を得られたのも嬉しかったし、「でも今回、高槻ラーメンは除外しようや。あそこは別枠やから」と言ってきたのもすんなり同意できた。

現役生でいえば冬休みまであと一ヶ月ほどしかない。こうして呑気に外で遊ぶのも、初美とのデートも含めていよいよ最後にしないといけないと徳山は考えていた。

ねずみ色のスウェット姿の菅野は、南茨木駅からの長い距離を歩いているうちに汗をかいている。髪がまたずいぶん伸びて天然パーマの後ろ髪がくるくると巻いている。「痩せましたか？」と徳山が訊いたら「太ったわ」と怒ったように答えていた。

南茨木は、駅を降りてからすぐに寂しくなり、新しめのマンションばかりが建っている。あとは各社の自動車販売店。それからさまざまな規模の工場に、また工場が連なる。コンビニが見当たらない。この臭いは車道からの排気ガスか工場からのものか。空きスペースに申し訳程度の公園がぽつぽつとあるが、子供が遊ぶには狭いし空気もよくないし、ベンチに座ってもドライバーたちからの視線に落ちつかないだろう。

南茨木の大阪随一の人気ラーメン店に、朝十時半から並ぶ。列の最後尾に立ち、数分も経たないうちに、徳山はひどく打ちのめされることになる。さすがにもうああいうことはないだろう、あからさまな冷却期間も置いたのだし、と高を括っていた徳山の完全に裏をかき、前回の中津のときと同じパターンを菅野は繰り返す。

「どや、念願のヒモ生活は？」とまず挨拶がわりに言ってきた。「ヒモになれてよかったやないか」との意味のことを何度も繰り返す。適当にあしらう徳山にますますヒートアップし、唾を飛ばしながら、

「でもええなあ、同棲生活。ヤりまくりやん。ただでプロの女、何回も抱けるやん。もう昼夜問わずやろ？」

「何が『シッ』やねん。かっこつけやがって」

「な、今度あの子のションベンの音、録音してきてえや」――と言われた瞬間には殴りかかりそうな勢いで睨みつけた。「ちょっと、いいかげんにして」と言ったが、それを笑いのツッコミとでも勘違いしたのか菅野は豪快に笑う。

この時点で帰らなかったことを徳山は非常に後悔するようになるのだが、菅野のデリカシーのなさに耐えながらすでに一時間近く待っていた。だからすべては食い意地のせいだった。しかしそれでこの食い意地そのものも、あとでひどいしっぺ返しを受けることになる。

「あの子はクリトリスがデカそうやな。あと絶対に乳輪が茶色い。どや？　当たってるやろ？」

列の前の人が何度も鬱陶しそうに振り返るも菅野にはまるで見えてない。あるいは

見えて無視しているのか。それを力ずくにでも無視できるというのがまず異常なのだ、と徳山は思う。そして愕然とする。どっと疲れる。この人は永遠にこうなんか、と肩を落とす。

何かの制裁のつもりで、あえて下品さを強調しているということは徳山にも理解できていたが、だからといって不快感はいささかも減じない。

待ち時間、拷問の時間が中津のときよりも長い。

「枕営業は絶対にあるからな。常識やから。だからもう性病に気をつけなあかん。いや、おまえを心配して言うてるんやからな。聞けよちゃんと。こっち向けって。おまえ、彼女が何時に店を出て何時に家に帰ってくるか、ちゃんと把握してるか？　管理してんのか？　どういう男が客でついてんのか、わかってる？　送り迎えする男とか、店のなかの人間関係も怪しい。携帯チェックとかマジしといたほうがええんちゃうか？」

「おまえは性格弱くて何も言えんタチやからな。まあええわ、俺にもういっぺん彼女と会わせろ。がつんと男っぽいとこ見せたる。言うべきことをちゃんと言ったるから」

なんでこの人はこうなったんか、もとからこうやったのか、嫉妬という自分の性格のみっともなさを直視して反省することがないんやろうか。「みんなそうやで」とか

「それが常識」が口癖だけど自分の意見こそが標準だという確信が持てるのはなぜなのだろう。そして俺はどうしてこんな人間しか周囲に残らないのだろう。初美の言うように俺はもう友情に何も期待すべきではないのか、そしてどうして俺は、こいつをここで切れないのか、寂しい？　友達が一人もいない奴というレッテルがそんなに怖い？

　開店時間からさらに三十分ほど待って、ようやく店に入れた。カウンターに座れたときが、やっと菅野から解放された瞬間だった。といって食欲は湧かない。気管内でバルーンを膨らませられたみたいで喉が詰まっているよう。無理に麺をすする。味がよくわからない。やがて、「はい、そろそろ」と菅野が自分の濃厚ラーメンを差し出してくる。徳山の淡麗ラーメンと交換しようということだ。そういう半分ずつのシェアは、いちどきに多くの味を楽しみたい徳山と菅野にとっての決まりごとの習慣だった。が、ラーメン鉢を取り換えてそれを目の前にしてみると、これまでにそんなこと感じたことはなかったのに、菅野の口をつけたものをとてもではないが食べる気になれない。気持ちが悪くてスープなんか飲めない。この動物性脂が気持ち悪く感じられた。もちろん店側に問題があるわけではなく、これまで数回美味しく食べに来たラーメンでもあるのだが、「すんません、これも食べて」と回されたものをそのまま菅野に返した。「は？」と訝（いぶか）る菅野を置いてさっさと店を出た。店の外で吐くことになるかも、とも恐れたがそれは耐えた。店前の人の列から離れる。ガードレールに腰を落ち着けて、風に当たる。高校で停学になって以来ずっと煙草は吸ったことがないが、今ものすごく煙草を吸いたい。菅野の出てくるのを待たずにタクシーでも拾って帰ろうかと本気で検討するが、この時間帯の府道十四号線はトラックばかりが目立つ。

菅野が出てきた。ふてくされている様子。怒っていいのはこちらのほうだと徳山は言いたい。

予定としては、このあと上新庄に行き、そこで豚骨ラーメンを食べ、それでもまだ余力があれば下新庄に行く――というものだったが徳山にとってはもう論外だった。見えた看板に菅野が回転寿司にまで食い気を示すが、以前だったら笑い合っていたその冗談も今日は嫌悪感しか湧かない。

「お腹いっぱいです。それに今日は体調が悪いです。俺は帰ります」と徳山は言った。

「おいおい」と菅野。「ちょっとそれはわがますぎるやろ？」

体調悪くて帰ることすら許されないのか。徳山は産業道路をもう駅に向かって歩き出していた。思いすごしかもしれないが空気の汚染が喉奥にまで絡みつくようだ。

「ちょい待てって」と菅野が徳山の肩をぐいと引いた。それで徳山は目つきの悪いままに菅野を見やる。菅野の怒りが増幅される。「なんやその自己中は？　おまえは俺に借りがあるやろ、借りが」

思いがけない言い分だった。

「借り？　どんなです？」

「ああ、そりゃあれや、おまえが、今まで行きたい言うてたところに、たいがい俺は付き合ってやったやないか」

「行きたくなかったら、行かへんかったらよかったんです。断ってくれて全然よかったのに」

「おまえ自分のときだけそういう態度って、そりゃわがままやわ」と菅野はこちらの話を聞いてない。

「さっぱりわかんないです」徳山は振り返り、先を急いだ。言葉をこれ以上連ねる気になれない。わがまま、というキーワードに固執している。相手を説得したいと思わない。

「俺は帰りますけど菅野さんは別に俺に合わせなくていいんですよ。解散、自由行動で」

考えられへん、考えられへん、と繰り返しながら斜め横についてくる菅野。

しかし聞こえないふうの菅野。「わがままやわー」と、ぶつくさ文句を言っている。

そしてはっきりした声で、

「女やな、やっぱり女のせいやな」――どうしてどいつもこいつもそんな単純で貧困な発想しかできないんか。

「やっぱもう一度、あの女を俺に会わせるべきや。おまえを救えんのは俺だけやねんぞ。受験生のなんたるか、男ってのがどうゆうもんか、俺やったらビシッと言えんねんけどな。きっと女もドキンとしよるって。……なあ、なんやったら今夜でもええから、なあ」と、菅野はとにかくもう一度初美に会いたくて仕方ないらしい。その下心を隠しきれもしない野卑さ。

「あの女は見た感じ、相当のワルやから……」とまた走り出しそうなところを、

「あんたに初美の何がわかんねん？」と、ぴしゃりと打った。

「……何怒っとんねん？」と少し怯んだ菅野。「ていうか何キレてんねん！『あんた』って誰に向かって言うとんねん！」と遅れて怒鳴る。

徳山はただ前を向いて先を急ぐ。電車一本逃すと次の準急まで十分待たされるから面倒だ。というかやはりタクシーか。タクシーやったらこっち側は進行方向が逆か。道を渡るかそれも面倒だ。というかさっきからタクシーまったく見いひん、こんなに交通量多いのに。こんな道、タクシーが走ることなんてないんか稼がれへんから。

「ああ、そんな態度やったら次も絶対落ちるね。もう四浪決定やな。そんな夜の女に振り回されて精神も不安定なままで、いい結果なんて出るわけない」

灰色の空が、大阪モノレールの鈍い走りの向こうに、のっぺりと広がっている。

「あんただって言うほどたいしたもんじゃないやん」と言った瞬間に徳山は、俺は何

を言うとんねん、やめろ、と思うのだがこういうときの口の歯止めが利かないのは自分でもわかっている。わかっていてしかも心の声のほうが断然正しい、ともわかっていて、それでいて自分が止まらない悲しさ。こういうとき、内心との葛藤が際立つせいか、時がスローモーションで流れているように徳山は感じる。かといって、ゆっくりとした時間のなかで落ち着いて自分を修正できるのでもなく、ただゆっくりと間違える。ゆっくりとした時間のなかで明らかに間違えている自分を冷静に見るしかない。

「阪大合格言うたって実際、倍率の低さだけで外国語学部のマイナーな専攻を狙って、そこ入って、それで今は授業に全然ついていけてへんやん（それはいちばん言ったらあかんことやんか）。本気で入りたかった学問やないから授業が全然おもんない。大学の友達も一人もできんから俺なんかにしがみついてる。登校拒否児みたいになってる（ああ今この瞬間にでも謝りたい。今やったらまだ引き返せる。言え、『ごめんなさい、言いすぎました』って今すぐ謝れ）。あんたさ、予備校時代が人生のピークやってんて。バブルやね、バブル。たまたま、なんかの間違いであんたは人気モンになれた。分不相応に祭り上げられてサカキちゃんなんかと付き合えて、だけどすぐに正体ばれてサカキちゃんにも一ヶ月ぐらいでフラれて、そしたらあんた、焦っちゃってさ。自分にはこの先これ以上の彼女はできないとわかってるもんやから、みっともなく騒いじゃって。騒いで、あがいて、周りにも助け求めたりなんかして（もうやめとけ）。とにかくそのサカキちゃんに捨てられる前までが、あの時期が、あんたのたまたまの絶頂期よ。大学合格がむしろ下り坂のスタートラインやね。もうないんよ、あんたがあの夢をもう一度見ることは（何を偉そうに何を知ったふうに）。俺にしがみついてんのも、俺の存在がそのよかった時代を思い起こさせるから。で、俺がまだ浪人生ってことで下にも見れて優越感も持てるから。でも、それが突然彼女ができて焦ってる。こいつにも捨てられるんやないかって急に圧力が強くなって、正直ウザいわ（すごいな俺、モーター止まらんわ、これ）。初美をあんたなんかに二度と会わさへんよ、スケベ心丸出しのオッサンなんかに。年齢は一つしか変わらんでも心がもうオッサン。下品で下衆や。一緒にいても全然楽しくない。一緒にいても全然得られるもんがない（信じないで菅野さん。過去の俺はしんから楽しい表情をしてたはずやし、過去に伝えた感謝の言葉も真実のものです）。あんたはずっと文句ばっかり。妬み全開で、しんどい。あんたと一緒にいてもマイナスしかない。もう、一人で勝手に孤独に生きていったらいい。もう、俺に関わらんといてほしい」

言っているうちに一台のタクシーが見えた。目は先ほどからタクシーをばかり探していたから黒塗りに空車表示の光るそれをようやく見つけた幸運に、思わず手をあげていた。探すことそのものが目的だったのに条件反射で手をあげて、それでタクシーが停まる。料金の高さのことなど今更考えるがもう格好がつかない。停まった先に、小走りに駆けてガードレールを回り込んで、開けられたドアから乗り込む。乗り込んだのにドアがなかなか閉まらない。一瞬わからなかったが運転手が後ろの菅野を待っているのがわかった。徳山も菅野を乗せようかとちらっと考え、いやいや、と思い直し、運転手に「あ、もう行ってください。とりあえず出して」と告げる。これでよかったんやと徳山は思う。こんなうっかりでもなければ菅野を痛めつけることは止まらなかっただろう。

振り向くな、と徳山は自分に強く命令する（バックミラーも見るな！）。高速のピストン運動で反復される自己嫌悪と後悔の念。あそこまで言うつもりはなかった――はず、たぶん。

阪大合格までの苦労を近くで見て知っていたからそれを貶（おとし）めるような発言なんてあっていいはずないのに、言葉が次から次と出て止まらなかった。菅野を殺すような気持ちで喋っていた。彼の表情は歪んでいた。その顔は必ず、この先何度もフラッシュバックする映像になる。あまりにもひどいことをしたし、あれが自分の本性のはずないし、しかし本性かもしれないという自己嫌悪は長く払拭できないだろう。少なくとも菅野はあれを本音と受け取ったはず。つらい。早く帰りたい。早く帰って初美のなかですべてを忘れたい。初美にすべてを話して彼女にいろいろ分析して解釈してほしい。前向きな言葉が欲しい。早く忘れさせてほしい。慰めてほしい。初美の肌で肌を洗い流したい。

しかし菅野のことを思い返すことが、すべて罪悪感につながるわけでもない。むしろもっと徹底的にやってやればよかった、と思うときもあった。それは例えば初美と睦まじくなっているときに、初美の身体の一部分が、それをからかって表現していた菅野の言葉とオーバーラップしてしまうような場合などがそうだ。むかついて仕方がない。殴ってやればよかったと思う。

また、大好きだったB級グルメがもう全般的に食べられなくなってもいた。すべてのB級グルメは菅野との思い出を呼び起こし、並ぶ皿はすべて菅野の食べ残しのようにも感じられ、こってりした味、わかりやすい辛さ、脂っこさ、手軽さ、超大盛、誘う中毒性、そういうのがもはや生理的に受けつけられない。初美が主食としているような、パックに入った生野菜サラダ、というものをこそ欲するようになる。

菅野との関係を破算に導いたのが徳山の無意識の暴走だったたなら、日浦たちとの絶縁は彼のはっきり意識した力業だった。しかしそれにしても彼とすれば思いきったことで、菅野への思いの複雑さが、返す刀をかえって大きく振りかぶらせすぎたのかもしれない。ついでだ、どうにでもなれ、という思考の放棄。見晴らしのためだけにすべてを焼き払う自暴自棄。

徳山にレッテルを貼ろうとすれば「ヒモ」と呼ぶのが簡単なのだが、まさにその反証のためだけに彼は十三での居酒屋のアルバイトを続けていた。生活費を三万円でも入れるという、初美にとってあまり役に立っていそうもない、男の矜持のためだけというのが唯一の働く理由である。初美から「いつでもバイト辞めていいんですよ、受験生なんやし」と勧められると、かえってバイトを辞めると言い出しにくい。せめて年内いっぱいまでと徳山は考えていて店長にだけはそれとなく伝えてもいるのだが、繁忙期を理由に店長は話をはぐらかしてばかりいた。必要とされているかと思うと徳山もしつこく言えない。

そんな精神状態だから職場での集中力とやる気をますます欠くようにもなり、徳山は失敗ばかりを重ねていた。最悪だったのは、テーブルのリセット作業を舞うようにしてこなしながら、拭き終わったダスターをトレイ目がけて投げつけたのが、大きく越えて隣の席にいた客の顔に直撃したことだった。中年夫婦のその妻のほうにかぶさった。夫に胸倉摑まれ引きずりまわされたときには、もう殺されていいと徳山はされるがままだったが、店長が出てきて一緒に平身低頭して謝ってどうにかその場は収まる。自身も飲食店を経営しているというその中年客は意外にあっさり許してくれた。もちろん店長からはこっぴどく叱られたがそれ以上に、徳山の気落ちは途方もなかった。

そしてそうした徳山の失態に徐々に気をよくしていったのが、日浦だった。以前の直接的で辛辣な関係性を回復するに至る。また、陰で斉藤とかと悪だくみをしている様子も窺えたが、どうにもならないしどうでもいいとして徳山は黙殺を決めていた。

その日、徳山はシフトが入っていなかった。夕刻。初美は、何か撮影の仕事があるからと言って早くから出ていた。

チャイムが鳴る。しかし徳山は出ない。そういう取り決めだった。出てもいいけど出なくてもいい、と言われたら徳山はわざわざインターフォンに応じたりしない。しかし同時に彼の携帯電話も鳴った。発信者の名前――日浦駿。

電話に出る。

「おまえ何しとんねん」との日浦の声。「さっさとこのオートロック開けろや」

事態を理解するのに数秒かかった。

「なんで俺んち知ってる……」

はっ、と日浦は息を吐く。

「このまえ斉藤におまえの跡を追わせたからな。おまえ全然気づかんやってんな。部屋番号も、花火大会の話のときに、まんまと誘導尋問に引っかかりよったし。――で、今何言うた？　おまえんち？　そこおまえんちなの？　ちゃうやろ、女の家やろ？

おまえんちは十三のエアコンもないボロアパートやったやろ」

「ヤドカリ、ヤドカリ」と電話向こうからの斉藤の声。内場の笑う声。どうやら三人勢ぞろいらしい。

「斉藤がさっきうまいこと言って、おまえのことな、ヤドカリやって」と日浦まで大笑いする。そんなにおもしろい譬えとも思えない。

「いや、勉強で忙しいんで帰ってください」

「アホ。ここまで来て帰るわけないやろ。ええから開けろ。寒いし、不審者に思われるやろうが」

「初美の許可がないと無理。ここはあいつのマンションですから」

「さっきは自分の家言うといて。——まあええわ。一分待ったるから電話して早く了承得ろ、ボケ」

それでいったん電話が切れた。時々拍子抜けなほど物わかりのいいところがこの人にはある。といって現状はまだ何も解決してないが。

まず徳山が思ったのは、初美が電話に出ない可能性について。ある意味それがいちばん無難。だとすれば「電話に出ませんでした」と嘘をつく手もあるわけで、だいたいここで本当に初美に電話したかどうかなんてあいつらにわかるわけがない。アホかあいつら。

しかし徳山は初美にしっかり電話していた。隷従気質からそうするのか、それともこういうときに下す初美の判断に信頼をおいているから今回もちょっと神託を伺ってみよう、という気になったのか。

初美は電話に出た。そして「いいですよ。全然問題ないですよ」と答えていた。

「私、もう少ししたら帰りますから、どうぞ自由に楽しんでください。別に部屋汚したっても構わんし」

「煙草は？　嫌じゃない？　臭いが部屋に残るよ？」彼らは三人ともヘビースモーカーだ。

「別にいいですよ。だいたい私の職場がもう煙まみれのとこやし」

「これから日浦さんとか頻繁に来るようになるかもしれん。そしたら、ウザくない？」

「んー、そんなの、徳山さん次第ですよ。私はなんとも思いません。うちに誰が来てくれても、徳山さんさえそれでよければ問題なしです」

意外な反応だった。プライベートに踏み込まれることを必ず嫌うはず、と決め込んでいたところが問題ないという。付き合って半年でも正反対に理解していることがある――というような単純なことでいいのかこれは、と徳山は腑に落ちない。

「徳山さんが決めてください」

そんなところで電話を切った。徳山は彼らを部屋に上げるようロックを解除した。

日浦、斉藤、内場、の三人。斉藤だけがこのあと遅番でシフトが入っているという。

「クリスマス目前ゆうのに、ホンマにおまえ一人やねんな」と日浦。

「ミミちゃんは?」と内場。

「初美は今日仕事なんか?」と日浦。

「いや、撮影だけ」と徳山は言ってから、なんでこんなこと律儀に答えなあかんねん、と自分に腹が立つ。

「俺たちこの前、ミミさんが今働いてる店に行ってきたんすよ」と斉藤。「すっげえ店やった。徳山さんは行った? 行ってない? 嘘、もったいない。絶対行ったほうがいいっすよ」

そう斉藤が話しているあいだに日浦は玄関から上がり、勝手に寝室のドアを開ける。

「おお、愛の巣」

追いかけた斉藤もそこを覗く。「いい匂いっすねえ」

「なんや、すげえでっかい本棚あるやん。あの子、こんないっぱい本読んでんの? 暗い奴」

疲れきった思いで徳山は、彼らの傍若無人を止める気力も湧かない。見たくもない思いで先にとっととリビングに行く。

徳山のほうについてきた内場は、着ていたグリーンのダウンジャケットを脱いで、テーブルの椅子の背にかける。「ホンマにすごい家やねんな」

「おまえら何しに来たんよ?」と徳山が内場に尋ねた。他の二人はまだ寝室にいる。

「別に」と、いつもどおり素っ気ない。

日浦と斉藤がこちらにやって来た。かつて徳山がそうだったようにオープン型のキッチンに「おお」と声を上げる。それぞれ上着はそこらに脱ぎ捨てる。日浦がヘンリー・ダーガーの絵に気づき顔を近づけ、そしてしかめ面で顔を背ける。

日浦が徳山に言う。

「ピザ頼もうぜ、ピザ。なんかチラシとかないん?」

「ない」

「超お腹すいたわ。ラーメンとかもないんか?」

「ない、置いてない」

「なんや、しょうもないの」と今度はキッチンにて冷蔵庫や戸棚を勝手に開けだす。

「なんもないやん。野菜ばっかりやん。しょうもな、ホンマ。……内場、ビール飲もうぜ」と言って冷蔵庫から取り出した一缶を内場に投げ渡す。自分用にも一つ取り出す。そういうときの日浦は動きがきびきびしていて手の長さが映える。仕事が控えていて酒の飲めない斉藤は「ええなあ」と呟く。日浦はプルタブを引く景気のいい音を立てて、そして一口、それから徳山の了承を得ずに煙草に火をつけた。換気扇もつけない。シンクにそのまま灰を落とす。対面式キッチンだからこちらを向いて、見せつけるように煙を吐く。斉藤もそちらに寄って煙草に火をつける。

　徳山を挟んで背後では、内場が缶ビールを片手にリビングを歩き回っていた。出したままにしていた徳山の模試結果の紙を拾いあげ、それを無感情に見る。——徳山の最初の一手がそれで決まった。

「内場」と声をかける。「内場、おまえみたいなんがいちばんの悪人やなあ」と言う。咥(くわ)え煙草で何か食べ物を探している日浦と斉藤にも聞こえるよう、大きな声でそう言う。

「人の心を踏みにじって喜ぶサディストとも違うし、強いものに巻かれようっていう本能だけのアホでもない。おまえは、何も考えてないふりだけして、世のなかに流されることに諦めてるふりだけしてる。おまえはさ、何もかもわかったうえでそれをしてる——ていうふりを、やっぱりしてる。クールなふりをしてる。……ちゃうねん、おまえはそうでしかおられんねん。おまえはずっとそうやって傍観者でしかおられへんねん。おまえこそ心がないねん。その病的な欠点を、自分のええところみたいに振る舞うところがおまえのズルイところや」

内場学──同期だから日浦のほうが一歳年上でも彼とはタメ口で話す。先輩でも年齢が一緒だから徳山は、内場とはタメ口で話すようになった。これは内場がそう求めたことだ。アルバイトに入りたてのころ、徳山は日浦に憧れ、内場を頼りとしていた。どちらも間違いだったと徳山はもう気持ちを捨てているし、友情を寄せようとしていたことすら忘れたい過去だ。

「ズルイ奴や、おまえ」と徳山は続ける。初美の憑依を感じる。「おまえみたいなんが、ユダヤ人乗せてアウシュビッツに走る列車を平気で見送ったりできんねん。フツ族に生まれたらツチ族を殺し、ツチ族に生まれたらフツ族を殺し、民族浄化のためのレイプ収容所に同僚と連れだって笑いながら通えんねん。で、そういうことを『しゃあないやろ、人間の本性やねんから』で済ます。時代が変わって価値観変わっても『そういう時代やってんから誰も悪くない』って済ませようとする。そういう奴やおまえって」

三人の一斉にぽかんとするのを徳山は肌で感じる。

しばらくしてから日浦が半笑いで、

「え、何?」

「あの女の影響や。悪い影響。どんどん悪くなってる」と内場が徳山を通り越して日浦に告げる。「アホがアホのくせに背伸びするからこんなことに……」

「うるさいわボケ！」と徳山は遂に爆発を自分に許す。「おまえらみたいなんには、いいかげん、うんざりやわ。おまえらみたいなもんばっかりやった、俺の周りには。おまえらみたいな、しょうもない、薄情モンばっかりやった俺の人生。初美だけがその例外や。おまえらは、いつだって俺を見つけて俺にたかって俺の弱い部分をあげつらって俺を見下して笑って楽しんで、そんで自分勝手にどっか行くねん」

「何言うてんのこいつ、さっきから」と日浦。「誰か通訳してくれ」

ひひっ、と斉藤が笑う。

「ああもう、そういうやりとりもいらん。うんざりやわ。飽きた。とことんやわ。ていうか、もういらんわ、おまえら」

「いらん？　いらんって言った？　こいつ、いったい何様のつもりや」

「ちょっと日浦待て。待てって」と内場。

「もういい、もういい」と徳山。「もう疲れた。もう帰ってくれ。もう、顔も見たくない二度と」

日浦は内場と斉藤を見て、

「聞いたか？　おまえら。なんで俺はこんなこと言われなあかんの？　しかもタメ口で。俺がいったい何したっちゅうねん」

「ああもう、さんざんコケにされた。さんざんバカにされた。軽く見られて軽く扱われてきた。もういい。もう疲れた、ほんと疲れた」

「実際おまえなんか軽い人間やねんから——」

「ほんと疲れた！」と徳山は重ねる。「俺のこと、これっぽっちも尊重しない連中と一緒にいて、なんの意味がある？」

「まあ待てよ久志。まあ話聞けって」と内場。

「いや、聞かんね、今更聞かんよ。俺は、おまえらと、今日ここで縁を切る。もう二度と顔見たくない。もう二度と近づいてくんな」

「なんやねんそれ。縁切るっておまえ明日バイトやろ？」そして日浦は斉藤と一緒に笑う。

「バイト辞める」徳山は当然の結論を言う。「辞める。ああ辞める。辞めるよ、やっと辞められる。ホンマせいせいする。これでやっと解放されるわ！　やっと解放される！　ずっと解放されたかってん。これでやっとおまえらから解放される」

「辞めるんやったら勝手に——」と日浦が言うが早いか徳山はポケットから携帯電話を取り出していた。

　スライド式の古い携帯電話を操作しようとするとそこに飛び込んできた内場が徳山の手を押さえる。「やめとけって」といつになく真剣な面持ちで言う。

「何よ？」少なからず気圧された徳山。

でんねん」内場らしくなく干渉してくる。

「やめとけって。ちょっと落ち着けっておまえは。何を焦っとんねん、何を先を急い

「アホはアホなりに、か？」

内場は自分を指さして、

「アホってのは俺のことも含めてやで？　もう変に背伸びすんのやめとけって。余計なこと考えんな。ろくなことない」

「おまえがどういう意味でそれ言ってんのかしらんけど、とにかく俺にはもうそういうのができん。そうしていたくない。俺はアホな自分をぶち破りたかったの。それを初美に気づかされた。おまえらと交じってちょっとずつちょっとずつ自分を失くしていくことが、これからも永遠に続く普通の日常やと思ってたけど、――いやそんなことせんでもええ、って初美が教えてくれた」

日浦が嘲ってくる。

「マザコンか。女の言いなりか。尻に敷かれて」蛇口からの水で火を消して、シンクにそのまま吸い殻を捨てた。すぐさま新たな一本に火をつける。斉藤も脇からそれを真似る。

「ええやん、もう今日は行こうや」と彼らに向かって内場が促した。「今日は」の部分が引っかかるが、このまま出て行ってくれるのならそれでいいような気がする――

と考えた途端に自分の徹底なさに腹が立って瞬発力をもって、今度こそ携帯電話の発信ボタンを押す。

呼び出し音を片耳に聞きながら内場から離れるよう歩きながら、待つ。

電話が通じる。受話口向こうのちょっとした喧騒(けんそう)。

「――あ、四谷(よつや)さん？　お疲れ様です、徳山です。ちょっと店長います？　うんちょっと緊急で話したいことがあって。はい」

そして保留音。歩きながら回転するように徳山は、日浦、斉藤、内場と、それぞれの顔を見る。

「――あ、うん、聞こえた聞こえた。忙しいって怒鳴り声。相変わらずの豚野郎やな、あの店長。――いや、なんでもないです。じゃあちょっと伝えといてくれます？　ええ。俺、もうバイト辞めますって。ええ。もう行きません。うん。はい。いやマジ。いやほんと。――なんでってそりゃ、もう行きたくないから。それだけです。はい。――あ、はい」

またの保留音。徳山は右耳に当てていた電話を左耳に移す。

「あ、店長？　ええ。そうです。辞めます」

「ちょっ、急に怒鳴らんといてよ。大きな声出しても何も変わらんですよ」

「もう、うるさいなあ。辞めんの、辞める。う、る、さ、い。や、め、る。もう行かへん。――他の連中のことなんか知るか。何が『仲間』や。都合のいいときだけ仲間意識ふっかけんな。忙しいんやったら多めに人雇っとけ。――ああ？　口の利き方？　もう辞めんねんから関係ないやろ。おまえなんか仕事関係なかったら、モラルの破綻したそのへんのオッサンやないか。黙れ。黙れ。聞け、人の話を聞け！　この黒豚！　バイトに店任せてゲームしたり風俗行ったり、とんでもないクソ店長やないか。偉そうに説教すな、この素人童貞。セクハラ行為ぶちまけたろか。仕事場で博打すんな、アホ。全部言うぞ。――ええか、もう店にも行かへんから昨日までの給料はちゃんと振り込んどけよ。――やかましいわ！　『やることやれ』がおまえの口癖やろが。それから、俺の私物は勝手に捨てといてええから。こっちのエプロンとか名札は斉藤に持たせて行かせるから。ああもう、うるさいって、うるさい。じゃあもう電話切るから。じゃあねえ」

そして電話を切った。電源から切った。

「アホや」と日浦。「めちゃくちゃや」

「と、いうわけで斉藤。俺の店の物、返しといて」

「なんで俺が」

「ええから。それでおまえの借金チャラにしたるから」斉藤には五千円の貸しがあった。

「はあ？　ふざけんなよ。――日浦さん、もうこいつ殴っていいっすか？」

「斉藤」と、内場がうんざりしたように言う。「ええからもう、おまえは黙っとけ。言うとおりにしとけ。おまえが嫌やったら俺が明日持って行くし」

それで斉藤は「わかりました。じゃあ俺が持って行きます」とあっさり引き下がる。

徳山はもう動いていた。ファッションブランドの紙袋に、制服などを詰める。斉藤に渡す。

「めちゃくちゃや」と日浦はもう一度言う。唇をゆがめて笑う。「本格的に頭おかしくなったんちゃうか」

「もう帰ったら？　日浦さん」と徳山。「いつまでここでグズグズしてんの？　グズなんは嫌いなんでしょ？」

日浦が徳山をじっと見てくる。

「そんな睨んできても、もうどうってことない。所詮、お山の大将。ただそれだけ。なんで今まで存在大きく見てたんか。殴りたけりゃ殴りゃあええねん。それでいったい何が変わんの？」

舌打ちをして視線を外さない日浦だが何も言わない。

「縁が切れたらそれで終わり。過去は過去や。こだわらんでいい。もう俺の人生に入ってこんといてほしい。意味ない存在やったし、害にしかならん存在やった、おまえらは。でもそれも今日まで。なんにもない、なんにも残らんくなる」

日浦は（はあ？）という表情になるが、それだけだ。

「やっと解放される。もう気にせんでいい。もう気に病まんでいい。重たかった。ずっと重たかった。思い出しては気持ちが重くなるって、そういう毎日からやっと脱け出せる。おまえらは癌やった。おまえらなんかいらん。俺には初美がおる。あいつだけが俺の唯一の味方。おまえらなんかホンマにいらんねん」

「あんなあ、おまえは知らんかもしれんけど」と日浦が冷笑する。「おまえのクソ女とは俺はもう何回もヤってるからな？」

「日浦！」と内場。

「おまえらの信頼関係なんて所詮そんなもんやから」と日浦は続ける。「誰が唯一の味方やねん。いい気になんなよ。おまえのクソ女は簡単に股開くようなサセ子やし、おまえは所詮世間知らずの三浪生やねんから、いい気になんな。恥ずかしい奴」と、せせら笑う。

「それだけ？」徳山が間髪をいれず。「ねえ、それだけ？」

「……は？　なんやねん」

「言いたいこと、それだけ？　全部言った？　ねえ、それで終わり？」

日浦からの返事はない。

「ああ言いよった！　ホンマに言いよった！」と徳山は天を仰ぐ。「すごいな、いやすごいな！　そこまでのクズか。そこまでの下衆野郎やったんかおまえは！　……初美とおまえとのことなんて俺が知らないと思ったんか？　そんぐらい聞いてるっちゅうねん。俺と付き合うようになってからもヤったか？　してないやろ？（それは一種の賭けだった。日浦の表情を確認する。理解する）……結局俺と初美が付き合う前の話やないか。それで、『だからどうしてん？』って話やないか。自分の価値下げたんはおまえや。恥ずかしいのはおまえのほうや。男として落ちるところまで落ちた。もう終わりやなあ、日浦さん」

そして誰も何も言わない。動きがあったのは、斉藤が自分のミニショルダーバッグからすでに開いた袋のクラッカーを取り出してそれを食べる、日浦にも差し出すが無視される、というものだけだった。

チャイムが鳴った。と同時に玄関が開く。初美が帰ってきた。

「いやいやあ」と明るい。「みんなお揃いですねえ」

撮影上がりでしかも急いで来たらしい初美は、いつもの帰宅姿にはない化粧の濃さで髪形もアップにできあがっていた。

「日浦っち。斉藤君。――内場さんは久しぶりやね」

男たちばかりの淀んだ雰囲気を、華やかさと芳香でたちまちに初美は作り変える。

中心に座する。

そして徳山を見て、「ただいま」と言う。「おかえり」と徳山。初美は、「で、今どういう状況？」と訊きながらすでに察知したかのようで、みるみる表情が輝いてくる。楽しそうに「どんな話、してたん？」と誰にともなく笑顔を振りまく。

「日浦さんがな、おまえとエッチしたことあるって言ってきたところ」と告げてから徳山は、初美の表情の変化を見逃さないよう凝視する。初美は、ふうん、と言ったのみでその表情は変わらなかった。続けて早口で徳山は「それでそんなことすでに知ってるわ、初美から聞いたわ、って言い返して、で、たぶんもうすぐこの人たちも帰るやろ。そしたらもう会うこともない。永遠のさよなら。――あ、そうそう。バイト辞めた。さっき店長に連絡した。これから受験までは勉強に専念するわ」

「うん、それでいいと思います」

日浦が、

「こんな堂々と、ヒモになる宣言した奴、初めて見たわ」と吐き捨てた。「男の恥やな」と、しかし声に力がない。

それでしかし徳山には、一点確認をしておきたいことがあった。

「そういやこの日浦は、おまえと『何回も』エッチしたってよ」そして初美と日浦の双方から目を離さない。

「それはないわ」と初美が日浦を見る。「なんでそんな嘘つくん?」

日浦は何も答えない。顔色をすっかり変えている。そんな日浦を徳山は初めて見た。

そして小気味いい。

「一回しかしてへんやん。アホちゃうの?」と初美。

「どうなんや日浦」と徳山。

「うるさいわボケ」

「それだけ?」と初美。何も返さない日浦。「黙ってんのやったら、私のほうの記憶を開示しとくよ。そのうち思い出すかもしれんからね。思い出したら言ってね?

――確かあんときあんたは『実は俺。こう見えてMやねん』とか言ってたね。いや、バリバリMに見えるって。M顔やしM字ハゲやし。それにウケんのが『足コキして。頼むから』とか言ってきて、一回目からそんなこと頼むかね?」

「徳山さん『足コキ』って何か知ってます? 私はそんときまで知らんかった」と徳山に言う。徳山は曖昧に小首を傾げる。「要は私の足で、足の指とかでアソコをいじくってくれってことですよ。気持ちの悪い」

「結局したらんかったけどね」と日浦のほうを見て、「まだ黙ってんの? まだなんも思い出さん? ……セックス中もよう喋るし、無駄に煽(あお)ってくるし、完全にエロオヤジ。そのくせ、気にしいで、でもって終わったあとは急に我に返ったように偉そうにふんぞり返ってんのよ。ベッドで、今みたいに煙草ふかしながら、『仕方なく抱いてやった俺』みたいな顔してんの。もうトータルでめんどくさい。……どう？　何回もヤったたっていう話、思い出した？　まだなら私のほうの話続けようか？」

「いや――」

「態度大きくても人間が小さくて、アソコも小さい（男たちは一斉に日浦を見る）。最近でも店に来て囁くんは『ほんとは俺のこと好きなんやろ』とか『徳山にも悪いことでさ、二人きりやとキショイ赤ちゃん言葉になんのよ、この顔でよ？　うん最悪。最した』とか『二人だけの秘密やからな』とか、あげくに『もっと自分に素直になれ』とか、なんの小芝居やねん。こっちはスポーツ感覚で一回発散したかったってだけやのに、もうしつこいのなんのって。しかもそれを自分から言いふらすって。アソコも小さいし。足コキって！　わたしゃ両手の不自由な陶芸家か。……ん？　まだ思い出せない？」

「いやもういいから」

「私のほうはまだネタあるよ」

「もうええから、もう勘弁しろ」

「しろ？　命令？」

「勘弁せえよ。してくれよ」

「徳山さん」と初美が振り向く。「この人、徳山さんが前に言ってたような『自然体の人』なんかじゃ全然ないから。むしろ自意識過剰やから。そんでその自意識がまったく上っ面だけの凡人やから。安心していい。安心して失望してあげて。……さて日浦っち、もう帰ったら？」

一拍置いて、脱ぎ捨てたコートを取りにリビングに回ってこようとする日浦に初美が、

「吸い殻も持って帰ってね」と言う。日浦が振り返る。慌てて斉藤が、自分と日浦のぶんの吸い殻を改めて軽く濡らして、それでどうしようかと悩んだあげくに自分の拳のなかにぎゅっと収めた。

「もう二度とけえへんよね？　永遠にうちらに関わってこないね？」とコートに袖を通している日浦の背後から、初美は容赦なく声をかける。

日浦は手で払う仕草をするのみ。こちらを向かない。

「じゃあ、あんたらも早よ帰りいよ」と初美が内場と斉藤を交互に見る。「連れ帰って、この人」

内場が、徳山に訊く。

「これでええんか？　これがおまえの求めてたことか？」

徳山はただ肩をすくめてみせる。

三人とも出て行った。初美が徳山に駆け寄り、首に腕を回してくる。「これでよかったんよ」と耳元で言う。たくさんのキスを降らしてくる。どうして日浦と寝てたことを黙ってたんか、とは徳山はもう追及できなかったし、そうする意義も見出せない。過去の関係についての告白はすでに受けてもう全然気にしてない——という、とっさの演技を続けていたらその演技どおりの心情しか、もはや自身に見当たらなくなってしまっている。本心なんてものが霧散していた。これ以上どう進んでも黒に黒を塗り重ねるだけだろう。

非常に満足そうな初美はもう興奮してかなり紅潮していた。普段はそんなの好かない夜会向けメイクも、こんなときだからか徳山にも狩猟の気持ちを引き起こさせていた。初美の駆けのぼりが止まない。どこを押しても全身に刺激が渡るといったふうだ。他の男たちがさっきまでいたこの空間、煙草の残り香、けなし合いの残響、いたるところの電気がつけっぱなしで煌々としたリビング、そのなかでの息の荒さ、歯止めの利かなさ、間近での香水の匂い、——とにかく初美は高揚していて感度もよくて、動きも素早い。徳山が感じるにこれは、自分の人生の一部分を捧げることによって下賜された寵愛のよう。日浦をやりこめるために調子を合わせた嘘も、目的を果たしてみれば不審のしこりが残るものだが、そういうのも含めてすべてがこの、快楽の注ぎ込みの昇華のために準備されたものだとしたら、絶交も不審も愛の言葉も心中への誘いも、みな等価で、よく燃えさえすれば燃料の種類など等価にどうでもいいようだった。

……初美が着替えに行った。部屋の片づけをしながら徳山は携帯電話の電源を入れ直す。二件の不在着信は十三店からのもので残された留守電メッセージはあとで聞かずに消去するとして、もう一件、内場からのメールが来ていた。

「十三のあの朝キャバにもういっぺん行ってみろ」とある。「そこで彼女の元同僚にいろいろ話聞いてみろ。いろんなことが広く見えてくるようになるから」とあった。

それからしばらく経ったある祝日の午後、意外なことに斉藤から電話があった。しかもさらに意外なことには徳山を褒め上げてくる。

「ぶっちゃけ、よう言うたったたって思ったんすよ。感動しました。ちょっと日浦さん、調子に乗りすぎてたとこあったたから、あんぐらい言うたったほうがよかったんすよ逆に。いやあホンマに、リスペクトですよリスペクト」

「ああそう」

「どうです？　これから一緒にスーパー銭湯行きません？」

「いや行かない」

出かける準備をしながらの電話のようだった斉藤は、そのうち慌ただしく通話を切った。これをきっかけに斉藤からの誘いがちょくちょくありそうだなと徳山は予感するがそれはまったく外れ、それ以来もう彼からの連絡はない。

その指と舌先で戯（たわむ）れてきながらする初美の話の内容が、いよいよエスカレートを極めるようになり、「つい先日まで近所に住んでいた男が数人で、その四十代のおばさんを寄ってたかってレイプすんですよ」とか言い、「男同士でも無理やりセックスさせられたそうですよ。拳銃突きつけて睾丸（こうがん）嚙み切れって命令したり」とか言う。

「おいおい」と、さすがに徳山は初美のその軽い身体を持ち上げて脇へやる。「やめろやそんな話、こんなときに」

「別にいいじゃないですか、いつもの延長線上で」と初美は妙に発火してしまっているようで止まらない。

「なんで女に自分たちの子を産ませることで民族浄化になると思ったか、むしろ、それこそ憎悪の種を撒き散らすことになるのが普通やと思うんやけど、やっぱりただレイプしたいだけの口実なんでしょうね」

「男の人はAV観すぎのせいか、わかってないかもしらんけど、膣（ちつ）だって傷つくし、何人も長時間にわたって相手すんのは苦痛でしかない。やがて快感に——なんてありえへん。しかもこのユーゴスラビアのレイプ収容所では『喉の被害』を訴える女性も多くいたんですけど、それはなんでかって、強制的なフェラチオはもちろん、無理やり精液や尿を飲ませられて圧迫されたこともその原因」

「やめろって！」

「中世の話はわりと平気やのに近現代の話になると駄目なんですね」

「そりゃそうやろ。リアリティがちゃうわ」

「私にはその違いがわかりません。なんかまるで、豚や牛は殺してよくてもイルカは知性があるからあかんみたいな……」

「おまえの言ってることのほうがわからんわ。とにかく俺は嫌。嫌なの」

「そうは言いはっても徳山さん、いつだって元気やないですか」と初美が愛おしそうにそこに接吻をしてくるから単純な徳山は一瞬嬉しくもなるが、「いやいや」と、かぶりを振り、

「無理やって。いや、いつかは無理になるって。最近は食欲もないし」

「それはいいことやと思います」と初美。

「何がや。勃たへんようになんのに何がいいことや」と半ば冗談にしたい思いで。

「だって、あらゆる欲求の綺麗になくなんのが、ある意味、理想やないですか？」と初美は微笑み、「食欲なんてはっきり言ってダサいし、キモい。食欲はキモいです。性欲も、身も蓋もない言い方すれば、みっともないし。どう言い繕おうと言い飾ろうと、見られて恥ずかしいもんなんやし。だから全部涸れたらいいんですよ、涸れた

ら」

とはいえ初美は何かの刑罰であるかのようにその細い指の上下運動をやめず、そのうちそこに跨ってくる。徳山をうめかせる。食事を摂らないのは彼女のほうが甚だしいのだが、その分泌液はまだ涸れない。最近彼女はローションを買ってきていたが、あまり使ってもなかった。

十二月、という受験生にとって神経質になる月に、徳山は勉強以外のことでも気苦労が絶えないのに、また初美から急な展開を示されていた。

「クリスマスプレゼントでーす」と、いつになく上機嫌の初美が言う。クリスマスにはまだ早いのだが。

なんのことかと徳山が問えば、彼女は車を買ったのだという。

「車？　……ていうか免許持ってたん？」

「はい。もう十八になって速攻で」

そして駐車場に降りて行って見るに（徳山はそこに初めて降りた）、車にまったく詳しくない徳山にも明らかな外車が停まっていた。こぢんまりとした角のない箱型に赤が眩しく、表情がかわいらしい。

「これ、中古？」

「中古車なんて買いません。新車です」

「いくらで？　ローン？」

「いや、一括で。おかげで貯金使い果たしました」と元気いっぱいに答える。

自信のない徳山は、間違いのないように念のため車名を訊く。そして、

「ミミちゃんがミニを穿いてミニクーパーに乗る」と、つまらないことを言う。言いながら、貯金をすべて使い果たしたということが頭に引っかかっていた。もちろん彼女のお金を彼女がどう使おうが勝手なのだが、まったく車に興味の持てない徳山にとってはこの大きな買い物が単純な浪費にしか思われない。――しかし、ま、やはり彼女の勝手だ。どちらでもいい。それより早く部屋に戻って古文の総復習をしたい。漢文にも早く本格的に手をつけたかった。

「プレゼントや言うても、自分へのプレゼントか」

「いや、これ乗って一緒にドライブしましょうよ。受験終わったら」

「どこに？」

「熊野！　行きたいんです」と意外なことを言う。熊野と言われても徳山にはピンとこない。

「何があんの？」

「いや別に、雰囲気がすごいってだけで、山道が、山が、どこか別世界につながって

るみたいで、いつか好きになった人と熊野に一緒に行くのが、私の夢だったんです」

初美から、茶化した言葉ではない、自分の「夢」について聞かされたのは、これが最初のことだった。たぶんもう二度とないだろう、という気にも徳山はなる。

初美と初めて会ったときと同じ、早朝の十三。そのときとは季節が変わってこの冬口の朝はまだ暗い。東の空の隅に朱色が篝火のよう。懐かしさはこの早朝の空気に対してだ。かつての仕事上がりと同じ時間帯で、あの解放感を思い出す。松屋。吉野家。ラーメン屋。貴金属買い取ります、とのケバケバしい看板。信用金庫の女優のポスター。くすぶっている酔客はやはり水商売の人間か。呼び込みや老いた黒服の姿はさすがにもう見えない。

今から行く朝キャバに、日浦たちと鉢合わせする可能性もゼロではなかった。あるいは内場のメールに従ってこうして初美の元同僚に話を聞きに行くというのは、初美への背信行為であると言えるかもしれない。しかしただ単に徳山は、ふらっと数日前に思い立って、こうして十三の朝の薄い空気を吸っている。今朝が「レン」という女の子の出勤日であるということは事前にサイトで調べて把握していた。あのとき同席したキャストのなかで今でもその店に在籍しているのは、彼女だけだった。

隠し扉のような店の入口の向こう、立ち並んで出迎えるキャストたちのなかにレンはいた。黒服に彼女を指名していた。どぎまぎしていない自分に徳山は気づく。

「失礼しまーす」と隣に座ったレンは以前の印象より化粧が濃い。

「やあ、『恋』と書いてレンちゃん」

ははは、と笑う彼女。

「それ、もうめんどいから単にカタカナで書いてレンってするようにしたんです」

「うん、知ってる」と徳山。サイトで調べていたから知っている。

「その自己紹介もあんまウケよくなかったし、自分ではなんかアイドルみたいかなって狙いやってんけど」

「俺のこと憶えてる？　一回しか来てないけど」

「もちろん。だってあのミミちゃんの彼氏さんになった人やもん。でもちょっと痩せました？」

「え、そう？」

「とにかく私、なんか、いつかこういう日が来るような気がしてました」とレンはさっぱりした表情でいる。

「へえ」徳山は余裕のあるふうに顎をしゃくる。「それはまた、なんで？」

「だってそりゃあ、ミミちゃんは変な子やったもん。すごい美人さんやったけど、何考えてるかわからんくて、しかも独特の世界観持ってて」

「世界観？」

「世界観、価値観？　ま、とにかく変わってました、あの人。お兄さんも大変でしょう」

お兄さん、と呼ばれた。一歳か二歳ぐらいしか変わらないはずなのに。

「もっと具体的に教えて。礼はするから。飲みもんも、好きなん頼んでええから」

「ありがとうございまーす」とレン。「でもお兄さん、無理せんといて。浪人生でしょ？　私憶えてるんですよ。だって私も元受験生として、めっちゃ応援したいなって。そやからなんでも訊いてください。今日はもうすっきりして帰ってもらって、んで受験に備えてもらわんと。もうそろそろでしょ？」

「ああ、まあ」

「ま、そんな話は今日はやめときましょうか。うん、じゃあ、なんやろ、何からがええやろ？　受験がらみでまず、――えっとミミちゃんが京大出身って知ってました？」

「え？　は？」

もう一度徳山は、

「え？　何言うとんねん？　ちょっともういっぺん言って」

「だからね」とレンは楽しそうだ。「ミミちゃんは、京都大学の学生さんだったんです」

「京都大学ってあの国立の京都大学？」

「他にどこがあるんですかあ？　おもしろいなあ」と笑っている。

「いや京都府立大学とか、京都産業大学とか、——いや、マジであの京大？」

「そうそう。あの、国立の京都大学です。というのもこれ店長情報やねんけど、あの人、面接んときに、別にそんないらんのに履歴書持ってきてたらしいんですね。で、その履歴書にあの人が京大を退学したってことが書いてあったらしい」

「退学……」

「そう、一年も経たずに、らしいです」

　考えてみる。徳山は音声記憶を急いで手繰る。初美の学歴について何か聞いたことはないか。あれだけの読書量やねんから少しはそのへんのところ探ってみてもよさそうなのに何も訊かへんかった。怖かった？　男のプライド？　単にうっかりしていたというのが本当らしい。愛していると口では言いながら、初美のことに関心ないのか？　ともあれ、京大？　俺が浪人で苦労して志望校がどのへんなんかも知ってるくせに、訊かれなかったからって秘密にしとくか？　もしくはそんな学力あるんやったら勉強教えてくれてもよかったのに。言いにくかった？　そんな雰囲気でもなかったような。大学とか学歴などの話題になったときに初美はどんな受け答えしてたか。よく思い出せない。あの読書量や知識量や暗記力も、ひどく偏った個性、マニア、というようにしか捉えてなかった。それにやっぱり初美の学歴のことは、考えてみたこともなかった、というのが正直なところだ。

徳山の茫然自失に無頓着なふうのレンは、暴露話を続ける。

「それからね、あの人、日浦君と寝てるから」

「ああ、それは知ってる」

「あそう。じゃあ、前カレの話は？」

片眉が吊り上がる徳山。

「前カレ、お兄さんみたいなシュッとしたイケメンで、しかも向こうはエリート会社員らしくって年収もそれなりにあって、この店にも、夜の部のほうやけど結構来てたみたいなんですよね。でも、彼のほうから逃げ出した。なんでか？　それは、——彼が顔にものすごい傷をつけられたから」と、レンは、自分の頬骨から顎にかけて人差し指で、すうっと線を描く。「顔に、一生消えないような長い傷をつけられた」

息を詰める徳山の反応に気をよくしたらしいレンは言う。

「いや何も別に、ミミちゃんの傷つけたもんやないですよ？　安心してください、違います。それは、ミミちゃんとその当時の彼氏とがデートしてたときに、ある店でガラの悪い連中に絡まれてそれで刃物か何かで傷つけられたものらしいんです」

「……で、それでなんで男が逃げる結果になったの？」

「それがね、その元カレが周りに言うには、喧嘩ふっかけられたのも、どうもミミちゃんが仕組んだっぽいって」

「は？」

「絡んできた連中も、もしかしたらあの人が依頼した者かもしれないって」

「んなアホな。なんの根拠で」

「それは知りません。その元カレの妄想かもしれんし、フラれたのをごまかすための嘘ってのもあるかも」

「そもそもなんで初美がそんなこと仕掛けなあかんねん」

「それはね、こういう理由らしいんですけど、——初美さん？　そうそう初美さん。初美さんは、その彼氏の顔の綺麗さを——」

「元彼氏ね」

「あ、そうそう。ごめんなさい」

レンは面倒そうに手を振る。

「その元彼氏に初美さんは日ごろから言ってたみたいなんですよね、『あなたの綺麗な顔に一生残る傷痕つけたら、どうなるんやろう？　あなたや私の心は、どうなるんやろう？』って。……怖くないです？　お兄さんも気をつけたほうがいいですよ」

そんなこと、初美が言いそうか？　あるいはそんな大それた計画立てるのなら、実行のときまで黙っている意志力の持ち主やないんか、あいつは。

　ただ以前に初美はこういうことを言っていた。最近ではもう心中のことを本気かそうではないのかは曖昧なままフィクションみたいにして話すのだが、――自分たちは、たまたま、しがない美をもって生まれた。でもだからってそれが執着の原因になってたら、美はむしろ先天性障害。言うたって私なんか新地ではナンバーにも入れない程度のルックス。徳山さんも、言っちゃ悪いけど、チラシのモデル程度のかっこよさ。学校や地元ではちやほやされるかもしれんけど、それが限界。それなのにそんなもんに執着して、だからもったいない、だなんて発想のごまかしをしているようやったら、私たちは飛び立てる最上のチャンスを呆けて見送って、とんでもなく悪化した事態に飲み込まれる哀れな乗客でしかない。飛び立てるときに飛び立たなくて、あとになって地面を拳で叩いて血の涙を流したってそんときは遅い。

　徳山にはレンに、確認しておかなければならないことがあった。

「レンちゃん、その男と直接会って話聞いたの？」

「え？　……いや、聞いた話ですけど？」

「じゃあ傷痕っていうのも見てない？」

「見てない。会ってもないですよ」と、それが当然のように言う。

「さっきの話の履歴書も、レンちゃんが直接見たもんでは……」

「ない。私は見てないです」

「初美にレンちゃんが、あるいは他の女の子が、京大出身のことを訊いてみたり話題にしたりしたことはなかったん？」

「え？　いや、それはあの人が『話しかけるなオーラ』出してたから。誰かが訊いたような気もするし、正直あんま憶えてません。だってこっちが親切に話しかけてやっても、つれない返事しかしない人やったし。……つーかお兄さんがあの人に直接訊けばいいんやないですか？」

「そう」徳山はいったん落着する。

さらに試しに徳山は、初美に憧れてたこと、レンにこう訊いてみる。

「レンちゃん、初美に憧れてたこと、ある？」

「ええ？　なんですかあ、それ」と語尾を急に伸ばしてきたのは図星の証拠か。

「後輩として初美の影響受けた？　ていうのも久しぶりに会ってなんとなく、初美とおんなじスタイルでいるなあって。髪形とか？　髪の色とか？　服装、雰囲気、……前の印象とだいぶ違う。ま、俺の言いたいのは、あいつの影響力ってすごいから。それは俺が身をもって知ってるから。つまりそういうのからレンちゃんは無事でいられたんかな、って」

レンの表情から初めて笑みが消える。

「まだあるんですよ」と、レンが負けん気を見せる。

しかし、レンのそれからの話は徳山にとってあまり刺激的でもなければ信憑性のあるものでもなかった。単なる陰口に終始しているとの耳障りもある。同性には好かれない、とは初美自身も言っていたし、見ていてそういうタイプだろうなと徳山も思うのだが、ただこのレンというしばらく近くにいた後輩が、今このようにして初美を嫌っているふうになった経緯とは（ミミちゃんのことは好きでも嫌いでもないです、と口では言う）、いったいどのような心の流れだったのか。

レンが別グループに呼ばれて席を立つ。半年ほどですっかり人気者に躍り出たのか。

「まだ帰らんといてくださいね。話はまだまだあるから」

ヘルプの子が徳山の隣についた。これが新たな初美でありレンなのか、と因果物語風に想像してみる。

戻ってきたレンはまずこう言った。

「これは、とっておきの話です。私も言うべきかどうしようか迷うところですけど、決心しました。もう言っちゃいます」

そんな思わせぶりな前口上もあまり心に響かず、組んだ膝を抱えて徳山はただ待つ。

「無性愛者って、知ってます？」

「ムセイアイシャ？」まったく見当のつかない徳山。「知らん。教えて」

　そしてレンのした説明によれば、「無性愛者」とは性的マイノリティの一種で、先天的に性的欲求のない（少ない）人たちのことだという。恋愛感情すら持たない場合もある。また、初美が語ったところによれば（とレンが言うところによれば）初美自身は、恋愛感情や性的欲求がなくともセックスには苦痛はないとのことだ。

「ミミちゃんはよく『特殊な人間観察として楽しむ』って言ってた。『女の子相手でもいい』とも言ってた」

「なんなのそれ？　なんでそれなのに俺と付き合うの？」

「わっかんないよ、そんなの。本人に直接訊いて」

「ていうかさっき、俺以前の男の存在を言ってたやんか。それって矛盾してない？」

「だからたぶん、ペット感覚？　――いや、ごめんなさい。でもお兄さんが悪いんですよ、あんましつこう訊くから……」

　しつこく訊かざるをえないようなこと言い出したのはそっちだろう、との反論が思い浮かぶがしかし別に腹は立たない。それより思考を整理することで忙しかった。「無性愛者」なんて単語が出てくるのは確かにこのレンの創作とは考えられず、いかにも初美の持ってきそうな言葉ではあるが、それがそのまま真実とはさすがに徳山には受け入れられない。初美の情熱的な側面を知っているし、セックスに関して「特殊な人間観察」という以上の熱量を毎回のように感じてもいた。もちろんすべてが演技という可能性もなくはないがそこまでして彼女が得るものがなんなのか、あまり合理的でないし合理的でないことをあの初美が選ぶはずもない。いちばんありえそうなのは、このレンという子をからかうためにその仕入れた知識を弄しただけ、ということだ。それにしても趣味のいいものではないが初美はそもそも行儀のいい子ではない。悪意たっぷりの、たまらず罰したくなるようなビッチだ。

といって想起されるのは、初美の「あらゆる欲求のなくなるのが理想」という言葉で、彼女は食欲も性欲も涸れたらいいと言っていた。いったいそんな理想を本当に目指しているのか、それとも、もとからそういう場所にいたのか。

レンが、徳山の沈黙をどのように解したのか、それからは彼女に特に話らしい話はなかった。この店は近く潰れる、という彼女の見通しを聞かされたぐらいだった。

店を出るというときに「また来てね。今度は純粋なお客様として」とレンは言ってきたが、これほど色香の火花のまったく散らない男女の挨拶というのも珍しい。

初美に学歴を問いただすようなことを、徳山はしなかった。十三の朝キャバに行ったことも告げてない。何も聞かなかったふりをすることに決めた。性的指向については殊更(ことさら)にそうだ。どのような現実も信じない曖昧な態度でいることに決めた。決めないことを、決めた。信じるということを強調しすぎるのは裏切られることへの過度な恐怖心からだ、というのを言葉でなく理解して、いろんな方面のことを考えないようにする。そしてそういうのが得意な彼ではあった。

クリスマスの時期ともなると十三のころには見られなかった忠勤ぶりを発揮して初美は、こまめにメール送信をするなど営業活動にも精を出しているようだったが、反対に人気はますます落ちているのだという。スカウトされて高級店に移ったはいいが厳しい現実に直面して前に進めない、ナンバーになれたのも一瞬だけ、売上バック制からポイントスライド時給制に移った――という苦境を、そういうシステムすらよくわかってもいない徳山にそれとなく聞かせていた。

一緒に暮らすようになって目の当たりにさせられたのだが、キャバクラ嬢というのは楽な商売とはとても言えず、勤務時間外でもすることの多く睡眠時間の少なくなる重労働であるし、収入の多さはまた必要経費の多さに削られもする。美容代や被服費はもちろん、得意客のためのプレゼント購入も数重なって小山となっているのを徳山も目撃していた。

徳山が、

「初美が俺に言ってくれたように、初美だって仕事が嫌になれば別に辞めていいんよ？」と本気でそう提案する。

「辞めてどうします？」

「俺が働く。別の居酒屋で。そしてこんなとこは引っ越そう。もっと家賃低いとこに行こう」

「そんなこと徳山さんは考えんでいいです。とにかく今は受験にだけ集中して。そのあとのことは、そのあと、一緒に考えましょう」

片や受験生であり、片やイベントに倦んだキャバ嬢であるから、せっかくの二人きりでの正月も形ばかりで見送った。年越しそばを例年どおりカップ麵で済ませた徳山は、おせち料理を断っていた。浮かれ気分に流されたくないというのもあったし、生野菜サラダを主食とする生活にすっかり馴染んでいたのもある。それで体調もよかった。体力や免疫力の低下は今のところ感じない。また、神仏をまったく尊ばない初美がいることだから初詣にも行かなかった。世間のはしゃぎぶりに反して普段と変わらぬことに快さを感じる二人でもあった。

そんな反発心のおかげもあるのかどうか、これは昨年もそうだったが師走になって世間が浮足立ってくるほどに、徳山の勉強への集中力は研ぎ澄まされてくる。前回はその調子のまま入試当日を迎えられて、テストの手応えも充分で、それなのに全敗だったというのが相当のショックではあったのだが、とはいえこの最終時期の模試の結果にてA判定が並ぶのを見れば気分も高揚せざるをえない。

ふと心に隙間があればそこに「だったらどうしてもっと早くにエンジンをかけることができなかった?」とか「これ去年と一緒のパターン。だから同じ結果に終わる。むしろ不吉な前兆」とか、「これで落ちたら、さあどうする?」といった、自分が今もっとも聞きたくない言葉が入り込んでしまうのだが、それを黙らせるためにも次から次と教科を移る学習スケジュールでわずかな時間でも埋める。

日本史に関しては自分なりの図覧ノートをまとめようと春から始めたことは、想像していたより手間と時間がかかって、あるいは構成にこだわりすぎてノート作成そのものが目的化して、本末転倒ではないか、今すぐにでもこんな煩雑（はんざつ）な手作業をやめてもっと問題集に取り組むべきではないか、との疑いが常に付きまとっていたのだけれど、こうしてノートを完成させてみると、復習や総まとめがこの一冊だけで済むし、自分の手で作り上げたことで記憶の格納にも知らず役立っていた。国語は、これは漢字学習と古文に専念した。『源氏物語』や『枕草子』の現代語訳を読みきろうと思いつき、いくら現代語訳でも長いし難しいところもあるし、この二つの古典以外からの出題も大いにあることだから意味ないかもと投げ出しかけたが、これも結論としては他の平安文学理解のためにも読了してよかった。いちばん苦手意識のある英語を後回しにしてしまう習性は、どうにも克服できなくて苦労したが、時間があれば英単語CDをとにかく聴いて耳から入れてきたことは、それなりに血肉となったような気がする。

日本史ノート、自作の英単語帳、赤本のコピーの束、二周三周と繰り返された問題集のシリーズ、現役や一浪時代から世話になった参考書、これら目に見えるかたちでの成果と、やがて出る結果とはやはり別だ。去年の例もある。

徳山は、――自分が今いるこの状況から脱け出せるとは、とても思えない。今年も当然のように全大学落ちて、それで四月の桜を恨めしく眺める。それが決まった道のように思われてならなかった。自分はこの場所を永遠にぐるぐると回る。もちろん現実には「永遠に」というのはありえなく、そうなれば来年度からは「四浪生活」が始まるのだが、自分がそれを本当に始める気があるのかどうか。あるいは他のどんな可能性があるのか。また何を始めるにせよ、自分がこの場所に永遠に閉じ込められているというのには変わらないではないか、とも思われる。恐怖。

やはり徳山にとって唯一の突破口は、初美だった。だから自らを嘲罵（ちょうば）しながらもこう訊いてしまう。

「俺、今回も駄目やったら、どうしたらいいと思う？」

受験初日を明日に控えた夕食中だった。内容は質素なもので、惣菜屋（そうざいや）で買ってきたマカロニサラダ、冷凍ピザに、ただ一つ初美の作った菜の花のクリーム煮。縁起を担いで自分で豚カツなど買ってこようかと徳山は考えてもみたが、すぐに忘れた。菜食主義のつもりではない二人だが、肉らしい肉をしばらく口に入れていない。お米もずいぶん食べてないが、順応性のある（もしくは主張のない）徳山にはあまり不満はなかった。

テーブル向こうの初美は言う。

「なんでもしたらええと思います。ホンマに。働いてもいいし、資格取るための勉強をしたり専門学校行ったりしてもいいし、あるいはしばらく休むんはどうです？　三年分の疲れが相当たまってるでしょうから、しばらく寝て起きての生活するんもいいと思います」

結局、東京にある大学への受験はやめていた。初美が「東京？　いいと思いますよ、遠距離恋愛。私は住めはしませんけど、週一でも通います」と答えていたからだ。もはや初美と離れて暮らすなんて考えられない。もちろん現実問題として実力的に諦めていたということもある。直前まで悩みもしたが今年も去年と同じく、関関同立だけを受けることにした。その大学受験費用で徳山の貯金はちょうど底をつく計算だ。きりがいいというのは一つの踏ん切りとなっていた。

「温泉旅行とかは？　せっかく車も買ったし。これは入試の結果関係なく」と徳山。

「うん、それもいいですね。まあ、私の仕事のほうが落ち着いたら」と初美が言う。

テーブルに肘をついてその手のひらの上に顎先をちょこんと載せる。ずっと一緒にいるからわからなくもなるが、それでも時折こうしてぎょっとさせられるのは、その腕の細さだ。肉の削げ落ちがはっきりしている。

徳山が言う。

「あるいはあっさり心中するか？」

すべての受験を終えてから最初の休日に、初美の運転する車に乗って二人は須磨に出かけていた。結局、温泉旅行には二人ともどうも気が向かず、また初美念願の熊野行きも「まだ早いです」という謎の理由で断られ、だから今回の神戸行きは初美のリクエストではなく徳山の言い出したことだった。

初美の運転する車でドライブしたい、あのミニクーパーに乗りたい、というのが優先事項としてあり、次に、かなり以前に（付き合う前のころだ）初美がデート候補地として「須磨離宮公園」を挙げていたのをふと思い出して、そこに行ってみたいと告げていた。

「この時期にあんまりお薦めはしませんよ？」と初美。「せっかくの花も咲いてへんやろうし、大きな噴水も近くに行って寒いやろうし」

「ええやんか。花のない植物園って。冬の噴水も、寂しくていい」

はたして、二月の須磨離宮公園は寂しかった。しかも二人は出発するのも遅ければ、道に迷ったのもあって、より暗く寒い午後三時ごろにそこに着いていた。閉園は五時。初美の運転技術そのものはスムーズだった。

離宮と聞けば幼いころに親に連れられて行った桂離宮や修学院離宮しか知らない徳山だったから、宮内庁にきっちり管理されて見学も予約制であるそれらとは異なる「公園」であるところの須磨離宮に、入口から拍子抜けさえしていた。しかし並木道を進んで巨木のクスノキに迎えられて、すぐに中央の噴水が見えてくるあたりになるともうすっかり気に入るようにもなる。本園の幾何学式フランス庭園と、連絡橋向こうの植物園。広大だった。道の隅々にまで美の神経が行き渡っているとは言いがたいのが、気楽さを何より好む徳山にとっても趣味に合う。

大きな噴水がやはり空元気で寒々しい。家族連れと若くもないカップルとがぽつりぽつりとしかいない。いつになく徳山は初美を身に引き寄せて歩く。コートとセーターのなかに埋もれた初美は、抱き心地があまり感じられない。

徳山が言う。

「最近もう死ぬことしか考えてへん」

「極度のホームシックでは、故郷に近づくほど精神状態がおかしくなって、家に着く直前に突発的な自殺に走っちゃう例もあるらしいですよ」

思ったより長い連絡橋を渡り、植物園に入る。ジュウガツザクラというこの時期でも薄桃色の花を見せる小さな桜。

「こんな気持ち、大学受かれば吹き飛ぶんやろうけど、でもぶっちゃけ、この死ぬことしか考えられへんっていうのは、もちろん重苦しい気持ちもあるけど、一方で、広い海に漕ぎ出すような気持ちもあって、悪くないっていうのもある。ちょっと気を抜くと泣きそうになるときも実はあったりするんやけど、そんなときはおまえの言葉を思い出す。『心中』っていう言葉の落ち着く感じ、据わりのいい感じ、頼もしい感じを思い出す。好きや。改めておまえのことがたまらなく好きやわ」

　小さな滝があり、温室を通る。閉園時間を気にして通りすぎるだけのようにもなる。

「で、あくまで今の気持ちやけど、俺たちもまだ若いし、おまえの言うとおり世界はいい感じでクソで見切りつけやすいし、初美は、なんだかんだ言うても、俺の人生でこの先もう現れるはずもない最高の女やし、二人きりで大海原（おおうなばら）に極楽を目指して漕ぎ出して、太陽があって星空があってそんなのにもおさらばして、潮風と波の揺れと直射日光と、二人きりで抱き合って……」と、徳山は先の言葉を失った。黙る。

「その気になれば私はいつだっていいですから」と初美。「今からでもいいです、本当に。方法なんてのも、いざとなってみれば、なんでもいいことです。死にざまなんかをいちいち気にするのなんて、所詮この世の名残。未練。男にありがちなナルシな言い訳。女の見栄。綺麗に死にたいとか迷惑かけたくないとか、適当でいいんですから、そんなのは」

「愛してる」と徳山は言う。

「愛してますよ、もちろん」と初美も返す。

そして梅園の素晴らしさ。迫る、残る、消え入る、梅の香り。満開にはまだ早いが、百七十本ほどもあるというさまざまな種の紅白の咲き乱れは、遠景でその迫力を見るより近くから一本一本を愛でるほうがよほど徳山の心に沁み入るものがあり、抱きしめている隣の初美にその見る梅の美しさ、強さ弱さ、冷たさ温かさ、儚さ、たおやかさ、硬質な刺々しさ、先に咲いて散る寂しさ——を重ねていた。

須磨は月見の名所であり、源氏物語の参考にもされたというが、この公園にも月見台があった。そこから、夕刻の空にうっすら爪のあとをつけた三日月を、他に誰もいないなかで二人はしばらく共有する。

園を出てから海浜公園まで、初美は短く車を走らせた。駐車場に降りて砂浜を歩く。黒と灰色のグラデーションが棚田のようになっている曇り空と、暗がりの向こうから律儀に静かに波を寄せる瀬戸内海。夜に近い海浜に近所の人たちが集まっていて、親は子供たちを駆け回らせておき、老人たちは談笑している。願い事が叶うというヤシの木を見上げる若い夫婦の姿もあった。遠くに見えるのは鉢伏山と明石海峡大橋と、そして淡路島の街灯りであり、その向こう岸の世界に屹立する青白い光彩が、実際にはそんなことのあるはずもないのになぜだか得がたい理想郷に思われて、徳山は切なくも心が寒い。

それが実際に起きてみると、奇跡的だというふうには特に感じなかったのだが、徳山は受けた大学のすべてに合格していた。

馴染みのある薄っぺらな不合格通知とは違う、レターパックで送られてきた入学手続き書類同封の合格通知書を立て続けに受け取りながら徳山は、これが本当だ、去年がまったく間違い続きの悪夢やったんや、という思いになる。そして自信を回復させる。勉強のことだけではなく、あらゆる運命の星から見捨てられたように感じていたのが呪いの解けたふうに、もしくは呪いなど非科学的なことはやっぱりなかったと近代人の目覚めに立ち返ったがごとく、すっかり安心するようになっていた。停まっていた時計の針がまた動いてくれた。

こうなると初美に対しては気恥ずかしくなるのも当然だけど、しかし彼女は滑らかな反応で大学合格を祝ってくれた。どことなく元気がなさそうに見えるのも、それは以前からの食の細りのためと、それから仕事への悩みからくるものであって、ようやく手に入れた成果を我がことのように喜んでくれていると、疑いの目を向ける徳山にもひとまず肯定的に映った。そうなると今度は初美の栄養失調を心配する。何か食べようや、と促し、肌にもよくないやろ、と下手な脅かしをしてもみたが、しかし無理強いの鬱陶しさに我ながら嫌気がさすのも早かった。徳山自身も胃の調子をすっかり取り戻したわけではなく、気になっていた江坂の中華粥の店に行けたのがせいぜいだった。

これまで目を逸らしてきた初美の仕事上の悩みについても、ゲートが開いたみたいにして走り出した徳山は、胸の内を告白するよう求めるのだが、それに対する彼女の返答は意想外の強烈なものがあった。

初美は、仕事を辞めてしまっていた。

「え、いつから?」

「ごめんなさい、先週から」

いろいろな思いが飛び交い混乱する徳山は、それが自分の大学合格と関係しているのか聞きそびれてしまったが、ようやく言えたのは、

「俺、バイトするわ、バイト。俺が稼ぐよ」

初美が幼子を見るような庇護者の笑顔を見せる。徳山はそれを期待したきらいがなくもなかったが、思いを断ち切り、

「いやマジで」と手で振りをつける。「居酒屋でもなんでもいい。俺が働く。俺が稼ぐ」

「ありがと」とだけ初美が寂しそうに言う。しかしそれで徳山の気力も殺がれるようだった。初美の稼ぎがなくなり、このマンションの高額そうな家賃もいったいどうなるんやろう、と徳山は当然の疑問を抱くのだが、それを訊き出す勇気がない。とりあえず確かなのは、徳山自身のほうに貯えはもうないということだった。

もとより大学入学のための諸経費については、兄に相談することに決めていた。――といって気の重い話には違いない。三浪の末での弟の同志社入学に彼はさほどの感動を示さないだろうし、先だって彼に送った合格報告メールにもいまだ返信がない。北海道にいる姉からはあった。それから河原町の夜から音信不通のままだった藤倉からもお祝いの返信メールはあった。菅野には、考えたが、さすがにメールは送れなかった。ちょうど同じころに形岡から近況を問うメールが入ってきたから彼女には合格事実を伝えたが、返ってきたお祝いメールのそのテンションと大仰な語彙と、果てしなく続く文章の長さは、徳山に形岡の躁状態を疑わせるほどだった。

ともあれ、大学入学の手続きまで時間的余裕もそれほどないなかで、初美とのことは横におき、気の進まないのも我慢して、徳山は兄と会うことにした。高校生のころからずっと、重要なことは父親に直接言わずにすべてこの八歳年上の兄を通して話をすることになっていた。喧嘩で停学処分になった報告もそう、これまでの浪人報告もそう、父親の意見も兄の口を通してでしか、しばらくは聞いていない。

嫌味で皮肉屋で、理屈をこねくり回すが要するに非常に打算的で、家族愛などの温かみを感じることは少なく外面だけはいいエリート主義者が、徳山の見る兄の姿だった。お金はきっと出してくれるだろう。余計な一言ぐらいは我慢しないといけないが昔に比べたら手加減はあるだろう。が、昔と違ってこちらのほうが打たれ弱く、傷を傷として見るのが目敏（めざと）くなっている。引っ越しをしたことも、改めて触れないといけないだろうか。初美のことも？

いつもだいたいそうなのだが、兄と久しぶりに会うときには、あれこれと最悪の事態を想定しすぎたり過去の嫌な思い出を反芻したりして、すっかり防衛態勢が整ってから臨むのであるが、そうなると最近では拍子抜けしてしまうことが続いていた。

弟の久志とは似ているところのほうが少ない背の低い、神経質そうな兄は、喫茶店にて、スーツ姿で、昼休みの時間にもかかわらず例によって早く用件を済ませようと気ぜわしい。それこそ用件は電話だけで、お金の受け渡しも振込みで済ませてもよかったのに、「まあ会おうや」と言ってきたのは兄のほうだったが、実際に顔を合わせると想像どおりのこんな窮屈さだった。会うからには現金手渡しだろうと決めつけて通帳もカードも持って来ず、さらには入学手続きに必要な書類にまだ記入もしていないという弟を知り、「相変わらずボケとんな」と、かつて彼の家庭教師をしていた当時の調子を兄は少し取り戻す。

「じゃ、銀行行こうか」

そして喫茶店を出る前に、

「まあ頑張ったな。お疲れ」と言ってきた。

入試要項と学校案内の二冊のパンフレットを持って来ていたが、入学金の額の確認のためだけに入試要項をのみ開いて、学校案内のほうは触ってもくれなかった。

銀行にておろした一万円札の束を、兄は封筒に入れ、それを弟に渡す。

「手続き、早めにしとけよ。おまえいつもトロいから」

別れ際、それをどうしても訊きたかったので「お父さんは、なんか言ってた？」と尋ねる。

しばらく考えたふうにして兄は、

「いや、おまえの聞きたいようなことは何も」とだけ答えた。

これで、このとき、兄の言うことをちゃんと聞いていれば、――と徳山は息がつまるほど後悔することになる。そうすれば誰のことも疑わなくて済んだ。兄にも父にも家族の誰にも顔向けできない、という事態に追い込まれることもなかった。

その日、

「お祝いパーティーしなくちゃね」と初美が言った。彼女らしくない提案だなと思うも、徳山はそれに素直に乗る。

「誰か呼びましょうよ」と初美。

徳山は驚く。二人きりでのパーティーが当然と考えていた。

「呼ぶって誰呼ぶの？」と彼女か自分かどちらに向けての嘲笑かわからないまま、

「もう俺には友達、誰も残ってへんよ」

「藤倉君がいるやん？　あの人やったら私も会ってるし、メール来てたんですよね？

おめでとうって」

「それとか」と今朝の初美は最近になく冗舌だった。「形岡さん？　その方を呼ぶっていうのでも、もしくはこの際二人とも呼んじゃうっていうんでも、私は大歓迎ですよ」

実際、徳山は騒ぎたい心持ちでもあった。第一志望の同志社が受かったとわかった夜には、飲みなれないウイスキーの高級酒を初美に選んで買ってきてもらって、二人でしんみりと深酒をした。徳山が酔い潰れるまで初美は寄り添ってくれた。溜まりに溜まった鬱憤や自己肯定の解放を延々と聞いてもらったりもしたが、それでも徳山には物足らない。もっと多くに認められたい。はしゃぎたい。それで、――形岡を呼ぶことまではさすがにできなかったが徳山は、藤倉に連絡を取った。意外な連絡に彼は心底嬉しそうだった。さっそくその夜に来てくれることになった。二万円ほどしたという国産ウイスキーがまだ瓶のなかに残っている。

夏以来となる藤倉の姿は、ギラギラした雰囲気が増して、河原町のあのバーにいた中年男どもに近づいているという感じだったのだが、それを指摘するよりもまず、藤倉のほうから徳山と初美の二人の見た目の変わりようへの驚きがあった。

「なんやねんおまえら、何があってん?」というのが彼の第一声だった。

出前で取っていたオードブルのプレートに、徳山は恐る恐る手をつけるが今日の胃袋は大人しくしてくれている。初美は何も口にしない。二人の痩せ衰えに藤倉はもうずっと、しかめ面をぶらさげていた。自分では気づかないことだったが徳山の頬のこけも、藤倉をぞっとさせるものであるという。

「言いすぎやろ」と徳山。

「全然」と藤倉は首を横に振る。「おまえ、鏡見てみろよ。体重計乗れや」

「そういや体重、もうしばらく測ってへんわ」

「無理ですよ」と初美。「体重計、最近壊れたから」

「あんたも」と藤倉は初美に遠慮なしに声かける。「もとから痩せてたほうやったけど、今はもう、かなりやから。モデル体型、どころやないで」

ともあれ徳山も藤倉も、さほど酒に強い体質でないのにもかかわらず、楽しくて仕方ないふうにアルコールを重ねる。初美の給仕も軽やかだ。以前に言っていたような

「水商売っぽさ」はその所作から感じられない。終電を諦めて一泊することに決めた藤倉が、高級な酒にその高価さゆえに飲まれていって、やがて「ちょっと」と言ったきりその場で静かに寝に入る。リビングの床にそのまま丸まる藤倉に、初美が毛布をかけてやった。徳山と初美はそのまま飲み続けるが、そのうち徳山が前後不覚となり、連れられるようにして自分たちの寝室に入る。他人が家に泊まるという状況をこのマンションで初めて体験していた徳山だったが、ごくごく自然で楽しく、これからもあっていいかも、と感じていた。こういう家庭的なのもいいかも、とほくほくしていた。

　翌朝、「さすが高い酒は二日酔いがないわあ」としきりにそれだけ言っていた藤倉は、用事があるからと早くに帰って行った。反対に二日酔いのひどい徳山はなんとか藤倉を玄関口まで見送った。うつ伏せ寝のまま初美は起きなかった。

　そして、それがそうと判明したのが、そのまた翌日のことだった。

兄から貰った約百万円入りの封筒が、鞄（かばん）のなかにない。どこにも見当たらない。

それは受け取ったときの状態と同じままに、鞄のなかに入れっぱなしのはずだった。今日まで外出することもなかったから、命のように大切なはずのお金をそこにそのままに放置していた。あとから考えたらとんでもないことでも、うっかり者の徳山は平気でする。そしていつも過去の自分を死ぬほど痛めつけて問い詰めてやりたくなる。

——いったい、どうして、そんなこと？

どうしてなのかはつまり、同志社への入学手続きの締め切りまでまだ数日の余裕があったから、そして彼が気を抜きがちの極度の面倒くさがりでもあったから。次々と合格通知が舞い込んできて、同志社の試験も自己採点で大丈夫だろうと見当をつけていたから、第一次入学手続き期限の先行する他大学への入学金納付を、徳山は見送っていた。その自信過剰へのしっぺ返しが怖くないこともなかったが、結果その判断が正解だったとわかったときには、ほっと胸をなでおろした。初美に見通しの鋭さを自慢した。兄にもその事実を簡単に伝えた。——が、回り回っての最終的なサイコロの出目は、こうして凶と出た。これでもう徳山は、合格した大学のどこにも行くことができない。

部屋中をひっくり返す勢いで、折り目の皺まで覚えているあの白い封筒を探す。誰かを疑うよりまず、自分の不注意を疑うのが気も楽であるようだし当然だと思われる。「なんでこんなところに」と笑ってしまうような場所で見つかるということは、これまでの経験上も本当によくある。今回もそうであることを願いたい。期日までに見つかって「ホンマ焦った！」と笑い話にできるようになることが、決められた未来であるように、まだ信じている。ちょっとした運命からのいたずらを受けているだけ、これを機にもっとしっかりしろという警告、わかりました、もう絶対にこんなことはないようにしますし、家族からさんざん言われてきたように早めの行動を心がけます。

あんな使い古されたナイロン製のリュックに、百万円以上も入った封筒をそのままにして放っといた自分の過去が、我ながらどうしたって理解できないし許せない。そうでなくて無意識みたいにして鞄から出してどこか別の場所にしまったのだとしても、それをまったく思い出せないというのは嘘みたいだが、しかしまったくない話でもなさそうなのが情けない。ぎりぎりになるまでいつも身体が動かんというのも、こんな大事なことなのに、ホンマしょうもない。だからよく遅刻する。だからよく人との約束を忘れる。取り返しのつかないことをよくしてその都度死ぬほど後悔しても、こうしておんなじ失敗を繰り返す。死んだほうがマシ。死んだほうがええ。きっと脳に重大な欠陥があってそれは死なんと治らへん。いったい、なんのための三年間もの苦労やったんか。

　どうしようもなく藤倉のことを考える。藤倉は、自分がもうネットワークビジネスの連中とは距離を置くようになった、ということをやけに匂わせてきたが、同情したくなるくらい事実の反対なのが徳山には容易に察せられた。消費者金融の数社に借金していることを問いもしないのに白状した。初美が紹介してくれたノンフィクション本の数々では、いかに弱者から搾取（さくしゅ）するのかというルポルタージュがこれでもかというほどに躍っていたが、藤倉も相当に追いつめられていたのかもしれない……

……と、思い込ませるところのどこまでが計算だったのかは不明だし、さすがに偶然の要素も大きいのだろうが、こういうのがすべて初美の手によるものだと想像するのは徳山にとって、不思議なくらい不快にならない。むしろ受け入れやすかった。初美のすることもここまできたか、と感慨深さすら覚える。こういう初美をこそ好きな自分がいよいよ悪魔に魅入られているようで、おかしい。

入学手続きの締め切りがいよいよ明日までと迫ったその前夜に、徳山は初美に尋ねていた。

「なんで心中なん？　例えば、どうしてもそんなに死にたかったら一人で勝手にやればいいやん。なのに『一緒に死んでください』いうのは、なんか寂しがりみたいで、どうにも初美らしくないいんやけど？」

「それは愛してるからですよ」と初美はあの、ふんわりとした優しい、諦念に似た笑みを見せる。「それに私は無理心中なんか求めてませんよ」と、さらに笑顔をとろけさせ、「だからそう、そのときがくれば私は一人でそうします」と言う。

そして締め切り日の朝。うつ伏せの寝たきりみたいだった初美に、かつてなかった強引さで徳山はいきなり伸しかかる。初めて避妊をしない。初美は抵抗を見せない。骨と骨。ひっくり返して肋骨、組み敷いて肘、持ち上げて乗せて尻でも骨が当たる。乳房は、下のほうの膨らみだけが歪に残って、ひしゃげて、乳首とのバランスがおかしいようだ。その乳頭の色もくすんだようなのは錯覚か。二人とも惨めに衰えて、すぐに息切れして、よくふらつく。

しかし、ここまでの過程をずっと寄り添ってきたのでもあるから徳山は、惨めったらしさや滑稽な思いに濁されもせず、ひたすら何もかもが愛おしい。貧血を起こそうが息切れしようが、求めてやまない。初美の感覚も研ぎ澄まされているようで、最近になく分泌液も溢れてスムーズで、ねじ込むような腰の動きも激しく見事だった。背を向けているときに例によって、うしろから首絞めて、と頼んでくる。言うとおりにする。向き直って素早く潜り込み、痩せてますます長大になったかのように見える徳山のものを口に含む。深く喉奥で慈しむ。

以前に、自分のルックスのことを「地元でしか通用しないレベル」というように評していた初美だったが、痩せさらばえたその身を激しく上下させているこんな場面で、徳山はそのときの反論をする。皮の張った頬や額や首すじに口づけを浴びせながら息切れしながら、いかに初美が突出して美しいか、他を圧倒しているか、道を歩いていてどれだけ多くの男から羨望の眼差しを向けられるか、単に綺麗なだけとは違う奥深さがある、外見的にも内面的にもいろんな発見が日々あって飽きなくて、センスもあって物知りで話もおもしろくて、セックスも全然飽きないし、してもしても、し足らなくて、身体も綺麗やし、スタイルよかったし、テクニックすごいし、動き速いし大胆やし、肌の相性っていうのもいい。おっぱいの吸い心地も、小ぶりなお尻の摑み心地も、最高やった。一年も経たない短いあいだやったけど、濃縮された価値ある時間を過ごせた。いろんなとこ行って、いろんな話をして、おもろかった。ええ思い出ばっかりよ。とにかく全部が最高やった。何があってもおまえは最高の女やった。——というようなことを、言葉を尽くして伝えようとするも、キスをしながら腰を突き上げながら、ぼうっとしながらに彼なりの修辞で凝ろうとすればするほど表現は虚しく空転し、意図したとおりの礼賛の効果は得られない。

が、それでいい。初美は微笑み、たまらないふうにキスを返してくれた。付き合った当初と変わらない献身ぶりで、こんなにもこちらの快楽に尽くしてくれている。そして、今度は徳山が初美の細身を横たえて、彼女に奉仕せんと臨む。

昼になって時計を見て、銀行に行くなら何時まで、と逆算して、その前に書類とか用意しといたほうがいいんかな、と思うもすべてが億劫だ、服もちゃんと着てない、シャワーも昨日から浴びてない。初美はまた寝ている。食事を摂らなくなってからか、よく寝るようになった。それはでも徳山もそうだ。今からでも眠れそう。

そういえば、と立ち上がって、ベランダを見てなかったかも、とふらふら歩く。そんなところにあるはずもないけど、アホな俺は藤倉が酔い潰れてからそこで、ビールを飲みながら封筒の中身を見て楽しんでいたかもしれない（そんな記憶はまったくないけど、あの日は人生でいちばん飲んでいて、ほとんどのことが曖昧だ）。それで歩きながら徳山は、まさかの予感に徐々に全身が総毛立ってくる。カーテンを開ける。一目瞭然だった。ベランダは、ただがらんとしていた。

といって室内の他は、ソファもクッションの隙間まで探ったり引っくり返したりしたし、リュックもすべてのポケットを見たし、寝室の本棚の本もすべていったん取り出し、ベッドも動かし、キッチンの棚もすべて開いて、靴箱の奥まで照らして、もう考えられる場所という場所はすべて調べたはずだった。

徳山は、そもそも封筒を持って帰ってないのでは、という可能性をもう一度検討する。兄から銀行で渡されたのは確かだ。目の前でリュックのなかに入れた。リュックは背負わずに胸のところに抱えて、それで怖かったから、兄に頼んでタクシーに乗り込むところまで見送ってもらった。乗ったタクシーの尾行を気にするほどに警戒心を持っていた。家に帰ってきて、ほっとして、そうしていつも勉強するときに利用しているリビングのその隅のところに、リュックをそのまま置く。まだ日にちもあるし、今日明日じゃなく締め切り日の三日前ぐらいに動けばいいかな、というような気持ちだったのを憶えている。

ただリュックを置く前に、そのナイロン生地の上から、大金の入った封筒の感覚を触って確かめたような記憶があるのだが、二、三日前は確信していたその記憶が今ではすっかり色褪せてしまっていて、ずいぶん怪しい。なんにも自信をもって断言できることが徳山にはもうない。

今日は初美相手に封筒紛失についての話を一切してない。彼女はもう二時間近く寝ている。

「藤倉が盗んでいったんかな？」

と、いうことを、以前に一度だけ初美に問うたことがある。

「それはないでしょ。だって、だいたい鞄のなかに大金入ってるって彼、どうやって知ったんです？」

「うーん」

「私、会話を全部聞いてたわけじゃないですけど、入学金がどうこうとか、そんな必要のない話、したんですか？」

「……した、かもしれない。ようわからんのよ俺も。人生でいちばん酔っぱらってたから」

「いっそ藤倉君に『おまえ知らへん？』とかは……」

「訊けんね、それは絶対」

そんな会話をしてからまた数日経って、「ホンマはおまえが取って隠したんやろ？」と訊きたくて仕方のない気持ちと、それを訊くぐらいなら死んだほうがマシという気持ちとが争っている。でもやはりそんな質問は永遠にしないのだろう。

　それで五時が過ぎた。

　終わったな、と徳山は思った。

　三月になって早々、「なんで兄貴に正直に言って、今後のことを相談せえへんかったんやろ？」とか「それこそ消費者金融っていう手もあったのに」とか、後悔の芽がどんどん出てくる。他にもできることはあったはずだと今更になって思い至り、悟ったふうの諦めの境地にいた自分にとことん腹が立つ。俺の間抜けさってこういうことや。

　あるいは、そんな間抜けな俺にどうして初美はもっと真剣に向き合ってくれへんかったんやろう、考えの足りない俺にアドバイスとかしてくれんかったんやろう、と言いがかりめいた気持ちを抱いてしまう。

　あるいは、初美に貯金がもうないなんて嘘やろ、と疑う。俺に借金の申し込みをさせない前もっての口実やったんやないんか？

　ともあれ初美に積極的にアドバイスを求めなかったのは自分であるし、情けなさでこの数日心を閉ざしていたのも自分のほうなのだ。そもそもこんなのは逆恨みも甚だしいし、それに貯金の件だって、そんな以前から用意周到に今回のことを計画してたっていうんか？　いろんな偶然も全部彼女の計画のうち？　ありえへんわ、アホ。

しかし、いろんな偶然の重なった最後のところで彼女はそっと手を出した、とも考えられなくもない——など、思考の堂々巡りがもうずっと収まらなくて徳山はもう、かなりしんどい。この後悔の火種（ひだね）が完全になくなってくれんのは、いったい何年先のことになるんやろうか。

徳山は、今からでも間に合う大学入試、というのを調べることは調べたが、とても受験する気にはなれなかった。

ただ、初美への疑惑で徳山に一つ言えることがあるとすれば、彼女が新地の店では人気がなかったとこぼしていたのが、事実とは反するだろうということだ。初美は「しつこかった客から」新地の店を辞めてからしばらく、初美の電話は頻繁に鳴っていた。初美は「しつこかった客から」と徳山に説明していたが、それもまた嘘で、勤めていたキャバクラの店長からのものだったことを知る。ある日、わざわざベランダに出てからする会話の一端が、扉の閉まりきっていなかったせいで徳山にも聞こえていた。「店長」という初美の呼びかけと、「スカウトなんてないです」との言葉。明らかに初美が慰留（いりゅう）されている会話だった。考えてみれば初美は営業用の携帯電話を、そのころすでに解約していた。残った一台の携帯電話もやがて解約して新規契約のものに変えた。

しかしこの嘘の露呈は、だからといって結局どこにも接岸できない。

そして徳山もまた初美のしているような、寝て起きて、たまにシャワーを浴びたり気づいたら掃除をしたりするだけの、生ける屍（しかばね）のような生活に入る。

簡易なサラダを買ってきたり自分で作ったりして、それを冷蔵庫にしまう。自分で食べるし、もしくは初美に「食べてもいいよ」とのサインであったりもする。初美がどこまで徹底した絶食状態なのか、徳山にもよくわからない。お惣菜のようなものが入っていたらしい空き容器を、キッチンのゴミ箱に見つけたこともあった。外出の折に初美は何かを口にしているのかもしれなかった。今になって食べている姿を同棲相手に見せたくない、という初美の心理は、徳山にはわかるようでもあればわからないようでもある。水は飲んでいる。ひたすらよく眠る。徳山も、とりあえずは受験勉強から解放されて他にすることもないから、彼女の隣に同じように横になる。本を読んだりする。そして気づいたら寝ている。朝も夜もなかった。意外とよく眠れるものだ、と知る。

空腹感については、自分の体質もあるのだろうが、数日ほど我慢すればあまり気にならなくなる、ということもまた徳山は知った。波はある。しかしその波もやがて収まる。収まるということを知っているから多少の波にもじっと耐えられる。インターネットで、昔よく行っていた飲食店のサイトなんかをお気に入りから開き、明日はここに行ってみよう、という気になることもなくはないのだが、翌日には決まって億劫となった。やっぱりあんなの気持ち悪い、となる。

たまの偏頭痛に悩まされるようになった。訊いてみたが、初美にそういう体調の変化はないらしい。頭痛薬を買った。薬で痛めないように胃薬も買い、牛乳とフランスパンを買ってきた。噛む力の弱くなっていたことに、徳山はちょっとぞっとする。歯茎から血がたくさん出た。

徳山を置いてけぼりにして無邪気な四月はやってきた。二人の籠りきりの生活も常態化し、ほとんど会話もなくなり、たまに外に出た初美が（私物を質屋に売って得たという体裁の）二万から三万円を徳山に渡す。穏やかといえば穏やかな日々のなかで徳山は、家族からの連絡が気にかかる。「大学合格おめでとう」との連絡もないほど無関心で、また同志社大学の入学式に来たがる親でもなく、この点ではラッキーだったかもしれないが、しかしいつかはバレる。いつかは告白して説明しないといけない。そうして、「やっぱり駄目な奴やったんや」と、烙印の上に烙印を押し重ねられる。

連絡がないといえば、藤倉からの連絡もなかった。となればやはり彼への疑いに傾きそうにもなるが、しかし藤倉はもとより何ヶ月も音沙汰のないのが普通の男だった。

それにもう今更、誰が犯人だろうが、お金が戻ってこようが、決定した過去は覆らない。

いよいよ誰からも連絡ないなあ、こうして充電すんのもアホらしいなあ、とベッドサイドの携帯電話をぼんやり見ていたそんなとき、まさにその無用の長物がメール着信に震えて光る。びっくりして手に取って、画面を見る。――形岡容子からだった。

隣で目を覚ました初美に声をかける。

「見てみ、この長文メール」と携帯電話を渡す。「ずっとスクロールしても終わりが見えへん。絵文字もないし、真面目」と乾いた笑いをする。

薄目で眠たそうだった初美の表情に、みるみる生気が宿るのを徳山は認める。久しぶりのこの胸のざわつき。

徳山は初美との会話で、これまでにも何度か形岡のことを話題に挙げていた。というのも、形岡のへこたれない前向き精神はきっと初美を気持ちよく苛立(いらだ)たせるだろうし（実際そのとおりだった）、自分に好意を向ける女は他にもいるという自慢をそれとなく示したいという下心もあった（こちらのほうは効果なかった）。

メールを文末まで素早く読んだ初美は、携帯電話を徳山に返す。

「返事、私書いていい？」と頼んでくる。

少し考え、しかしあまり突き詰めることなく、徳山は「ええよ」と承諾した。その悪趣味さが懐かしくて興奮してくる。「でも先に俺が読んでからな」

　そうして「四月になりましたが」とのタイトルで、本文もそのまま「四月になりましたが」から始まるそのメールを、徳山は読み進める。


　四月になりましたが、如何お過ごしでしょうか？　大学生活はどう？　楽しんでる？　最近はすっかりお会いできなくて、寂しい限りですが、それも彼女さんの手前、仕方のない事なのかなとは思ったりします。とても残念ですけどね。だから、新たなキャンパスライフでも、浮かれ過ぎて女子大生と遊んだりしないように。そんな浮気するぐらいだったら、私と飲みなさい、ね？

　仕事辞めちゃったのは、急で驚いたけど、仕方ない事かもね。いつかはそうなると思っていたし、納得は、できる。でもこのまま会えなくなるのは、あんまりにも寂しいです。徳山君とはちょっとしたソウルメイトみたいな縁を感じたものですから、是非長いつきあいをお願いしたいです。

　私は、自分が大変だった時に、徳山君と色々話しておかげで元気になれたようなものだから、非常に感謝してるの。感謝してるのもあるけど、でも心配もある。だんだん人が変わっていくようだったので、最後の方は正直怖かった。少しでも君のことを知っている人に、この人死んじゃうんじゃないかと思わせる事は、すごく良くない事だと思うよ？　脅かすつもりはないけど、罪だとも思うから、もうあんな事は、やめておいた方がいいでしょう。

でもこんな事言うと、徳山君が私に言いたい事も言えなくなってしまう恐れもあるから難しいんだけど、そういう意味では私にはもう免疫が付いているんだから、私には遠慮しなくていいって事。一旦ああいう告白を聞いちゃった私には、すでに、保護者としての責任が生じてもいますから、これでほっておくのはむしろ私の方の罪、だったりする。倫理的に私はもう君の罪を半分背負っちゃっている。ここで逃げ出す事はできないし、そんな事、させないでほしい。

話を色々してちょうだい。それで徳山君の心が、前の私みたいに軽くなれるのなら、その手伝いが私に出来るのなら、是非そうしたい。

結論から言うね。人生は、そんなに悪い所じゃない。徳山君と色々と話してると、気持ちがドキドキして、言いたい事も言えなくて、後からすごい悔しいんだけど、色々考えた結論として、やっぱり死ぬなんてよくない、と思う。死ぬなんて簡単に言うな。

今回の事で私は色んな人に助けられた。感謝してもしきれないくらいで、私は自分勝手に生きてるんじゃない、周りに生かされているんだ、とも感じた。最近では、私たちの業界は一部のマスコミに叩かれがちだけど、報道というのは視聴者があって成り立つものだから、面白おかしく極端に描くのが普通。私だって普段はそんなニュースを面白がっているんだから、偉そうな事は言えないんだけど、やっぱり個々の現場の現実に即してない事が余りにもたくさんあり過ぎる。

今回の件だって、あの男は完全にビョーキだったけど、会社の上のほうにはちゃんとマトモな人がいた。決して会社組織のためだけじゃない、隠蔽体質じゃない、まっとうな普通の正義感を持っている人が確かにいて、そういう人たちに今回私は助けられた。

社長とかそこまで上にいくとどうかわかんないし、悪い噂も聞くけど、そんなのよりも私達のこの現場は、すごい結束力なのよ。社会人だってサラリーマンだって、この業界の人間だって、まんざら捨てたもんじゃない。私は、小学生の時の卒業文集とかに、将来の夢は「ウエイトレス」とか書いちゃう変な子だったんだけど、一つ言えるのは、飲食店は私の変わらぬ夢だった。本当は、もっと高級感のあるレストランとかに就職したかったのが本音なんだけど、英語とか苦手だし、高級過ぎるのはまた気後れしちゃうし、で、就職難もあって、私は今の会社に入る事になったんだけど、私はいつかは自分の店を持ちたい。カフェかレストランを出したい。でもそういう先の夢とは別に、今の私は今の私なりにベストを尽くさなきゃ、とも思ってる。今回の事でますますそう思えた。

イケメンで話も面白くて女子に人気もあって、だから人生なんて完全に君のもの！と私は思うのに、それなのにどうして、そんなに臆病なんだろう？　もっとちゃんと目を見開かないのだろう？　何を怖がってるの？　ちゃんと見て。そして何でもやってみればいい。私だって今回の事で本当に鬱になる寸前まで、絶望の淵にまで追い詰められたんだけど、でも本当の絶望には、なかなか落ちないものだとも思った。

前に徳山君が教えてくれた、全身に痛みが走る奇病の人の悲しい選択の話、そういうどうにもならない悲劇がこの世界に確かにある事に、私たちは決して目をつぶってはいけないと思う。本当にそう思うんだけど、でもね、そっちの方ばっかり見てるのも良くないと思う。まず端的に体に良くない。そういう自虐的な世界観に陥らない方が、長い目で見れば、いいと思う。

以前のあの時の、あの柴田さんについての話題も、私は言い返せなくて悔しかった思い出として強烈に覚えています。徳山君は、生きてくのがイヤになる例としてその話を持ち出したんだろうけど、私、あれから考えてみた。色々想像して、それでちょっとしたストーリーを作った。この私作の想像ストーリーのおかげで、私はモヤモヤが取れて、なんだか何日間かウキウキした気持ちになれたから、この想像の世界を徳山君にも分け与えてあげるね。話して聞かせてあげる。まあそこに座ってお茶でも飲みながら、ちょっと我慢してしばらく聞いていてね。

柴田さんは、家族との仲がうまくいってない。仕事をリストラになったから。でも彼は自分なりになんとかしようと努力している。だって、四十七歳でなかなか居酒屋のアルバイトに応募したりはしない。この歳で資格なし、特別な技能もなし、だけど未知の世界に飛び込んでいけるような勇気は、どんな若者にだって負けはしない。娘さんたちも奥さんも、いつかそんなお父さんの素晴らしさに目覚めるときが来る。

確かに柴田さんは壁にぶつかった。それであの時は砕けちゃったかもしれないけど、そのあと受けた営業の仕事では見事、柴田さんはその壁を突破するの。多少の困難は、日浦とかいう若造から受けたイジメに比べたらなんてことない。耐えられる。そして実際耐えて、しかもなんだか今度の業界には水が合っているようで、それで新規開拓も嘘みたいに上手くいく。ボーナスも出る。借金も順調に減っていく。家族旅行が増え、年末年始は海外にも行き、やがて娘の結婚式。娘さんは涙ながらに感謝の手紙を読み、そして「お父さんが本当に苦しかった時期に、つらく当たるようなことをしてごめんなさい」との言葉をも聞かされ、すべてが報われる。柴田さんの何もかもが光に包まれる。

私達が生きる上で必要な技術は、イマジネーションです。それも正しい方向への。さて、次は徳山君の番。まあ肩の力を抜いてリラックスして、目を閉じて。心を開いて私の想像の世界に入ってきてちょうだいな。まあ聞いて。もうすっかり長文だけど、あともう少しだから。

この徳山君は、見た目はなかなかさわやかなイケメンなのに、簡単に「死にたい」と言っちゃう、ちょっと癖のある男の子ですが、元バイト先の口うるさいお姉さんの説教に少し負けてあげて、しばらくそういう気持ちを封印することに決めました。エライ。同じようにネガティブの波動にシンクロしちゃった彼女さんもいるけど、その彼女を説得して、どうにか立ち直らせるの。一緒に生きてみようと奮起する。今度のバイトは、仲間にも恵まれて大丈夫。背の高い目立つ徳山君にぴったりのホテルでのお仕事。あるいは説教姉さんの薦めであり憧れの、高級レストランのウエイター、イン心斎橋。それとか、まあなんでもいいけど、どこにでも可能性というものはあるんだけれども、意外と町の中小企業、みたいな、アットホームな感じの方が合ってるのかも。事務職だけどブルーの作業服とか着て、それでその町のアイドル扱いされるの。

やっぱりやってみないとわかんない、と徳山君にもようやくわかる。あの女先輩の言う通りだった。ブツクサ言って怖がってないで、一歩踏み出しておいて本当に正解だった。夢がないとか希望がないとか、悪い事しか起こらないとか、そんな後ろ向きだったのが嘘みたい。簡単な事だったのよ。雨の止むのをちょっと待てば良かっただけ。いまはすっかり青い空。虹も出ている。子供たちも水たまりを蹴散らして走り回ってる。いまの夢は、いまの事務のバイト先に正社員として雇われる事。ていうか、そういう話も出ている。社長は女で国語の先生って感じで、怒らなくて良い人。やがて順調に正社員になる。期待の新人だ。人間関係は良好な、イヤな人間っていうのが一人もいない環境。辛いよりも面白さや充実感の方が断然大きいお仕事。こういうのも普通にありえるんだね？　次の夢は、彼女との結婚かな？　やがてその夢も叶うの。ダイヤモンドリングは決して大きくない物だけど、自分に出来る範囲で頑張って奮発して買ったのが、彼女さんにも伝わって、ものすごく喜ばれる。抱きつかれて泣かれて大変だった。子供も出来る。家も建てる。次々と順調に夢が叶っていく。何も無理して不幸が起きる必要はないんだよ？　ドアを開けて、不幸をわざわざ招き入れてやる必要はない。深刻な事こそが常にリアルだなんて、思わないで。

徳山君には、びっくりするぐらいあっさりと、順調で満たされたストレスのほとんどない毎日が続くから。信じて。大丈夫。「平和過ぎて退屈やなあ」とか贅沢言うようになる。いいオジサンになって、お腹もちょっと出てきて、若い頃はなんであんなに生き急いでたのやろ、と不思議に思うようになるからね？

私達、中間層にいる者が、人生を平穏無事に生き残っていくためには、吊り橋を渡っている時みたいに、あんまり下を見ない事。前だけを向いて一歩一歩歩く事。そうしたら意外と遠くまで来ていた、なんて事がある。

突然の告白だけど、私は先天的に障がいがあって、それで子供が産めない体なんです。それなのに（むしろ、だから？）私はものすごく子供が欲しい。これは昔からそう。で、この事はもちろん大きな不幸なんだけど最近私はある事にも気がついて、それで気持ちが前を向けている。

私は、いつか養子を取る！　ケガの功名じゃないけど、この発想の発見は私をものすごく勇気づけてくれた。だって、もちろん自分の子を産んで育てるのも十分過ぎるほど素晴らしい事であるけれど、まったく血のつながっていない子供を「引き受けて」育てて世に送り出すというのは、なんて純粋な愛の行為なんでしょう？　私はこの事を「神聖」だとすら感じています。笑いたければ笑ってくれてもいい。

とにかく、なんだかすっかり話が長くなっちゃったけど、これも徳山君が色々気になる事を言い残して、それで急にぱっと仕事を辞めちゃうから悪いんだよ？　とにかく、見返すときっと私は、このメールを送らないだろうから見直す事はしないで（いま書いているこの文章だってもう三回目になる）このままエイヤと送っちゃうけど、とにかく私の言いたかった事は、私は元気です、という事。それで、徳山君もまた是非とも元気でいてほしい。いまがたまたま元気でなければ、元気になってくれるのを、この口うるさい元先輩は祈ってやみません。

ご自愛下さい。またメールします。徳山君も、もし出来るなら、返信とかくれたらすごい嬉しいな。長い長い文章がいいです。そしてまた、是非とも会いたいものです。

追伸：ウッチーがとても徳山君の事を心配していました。意外でしょ？　斉藤君なんかも、店長の悪口言う時には決まって、徳山君の話を持ち出すもんね。「俺も徳山さんみたいにガツンと言ってやろうか」とか言って、すっかり英雄視ですよ。あの日浦も、どことなく寂しそうで、どっか反省している様子も見られます（多分）。四谷さんも南条さんもゴッチンも、みんなみんな徳山君の事、気にしている。バイト仲間はみんな、取りあえず徳山君には好感持ってたんだよ？　知ってた？　私が思うに徳山君は、警戒感が強すぎて、心を開かなかったのが良くなかった。そういう負のオーラがハリネズミみたいに全身から飛び出ていて、それがみんなを徳山君から遠ざけてたし、あらぬ誤解を生んだし、逆に徳山君に対して攻撃的にさせてしまう一因になった、と思う。だから次の出会いの中では、もっと心を開いて、積極的に人と交わろうっていう態度を見せることを、私は薦めます。

とにかく、そういうわけで、徳山君は恐らく徳山君の思っている以上に、みんなから愛されています。気にされています。お店でも、立派なムードメーカーでした。いなくなったら途端に寂しくなり過ぎる、中心的な空間を占める人だった。それは私にとってもそうだった。

死ぬとか言うなんて、あんまりにも寂し過ぎるよ。

感想を持たないようにしよう、というのが形岡からのメールを一読して直感で決めた徳山の方針だった。

そして初美に再び携帯電話を渡す。

時折、ボタン操作の方法を問いながら、時折、形岡に対する徳山のスタンスについて、言葉遣いについて、形岡の受けたパワハラについて、自分たちのことのどこまでを形岡は知っているのかについて、どんな話をしてどんな結論に至ったのか、「柴田さんって誰？　どんな人？」といった質問を矢継ぎ早に投げかけてきながら一方で、高速の指さばきも止まらない。初美が話してくれたエピソードのいくつかを、さも自分が体験したり考え出したりしたものであるかのように形岡に（あるいは内場や他の人にも）吹聴していたことを、正直に徳山は明かす。その告白を初美は軽く聞き流す。そんなことより親指のタップに没頭している。

「どういう見た目の人です？　背の高さとか」と訊いてきて、徳山は答える。

やがて、ふうっと息をつき、小首を傾げて「こんなもんやろか」と呟いて、どうにも満足できないながら推敲する気力も起きないといった様子で、携帯電話を徳山に返す。

「自分の言葉に直しといてくださいね」と心はもう冷えきったようで、「文章めちゃくちゃやし、適当なことばっかりやし、――直しといてください」

しかし、すべてを読んで徳山は、これが代筆だとわかってしまうかもしれないこのままの形で、送信ボタンを押すことを選んだ。それがはたして悪意によるものなのか、むしろ情け心によるものか、反対に情けを乞うているのか、単に脳に栄養の回らない判断力低下からそうしたというのが正確なところだろうがともあれ、紙飛行機が青空に向かって飛ぶ画像を眺め終わったあと徳山は、ただただ留保の心持ちでまた寝に入る。

内容についても、初めて知ったような、例によってどこまで本当なのかわからない奇異なエピソードも挟まれていて、いろいろと初美に質(ただ)さないといけないような気もするが、とりあえずイヤホンをしたままでないと眠れない初美というのは見たことないし、やはりこれも半永久的な留保として、うっちゃっておく。とにかく今は、眠りたい。


メール、ありがとうございました。まずはご報告を。

僕は大学には行きません。前にもお伝えしたように受験に合格はしました。でも、諸事あって行かないことに決めました。この件に関して僕はもうこれ以上何も語りたくないので、形岡さんもあれこれ詮索しないでくださいね。

いま形岡さんは、以前の危機を乗り越えられて充実した会社員ライフを送られているとのことですが、何よりです。パワハラをパワハラと外に訴え出られないままに打ち棄てられてゆく、弱き者たちの屍のあまりに多いことを思えば、形岡さんの生還物語は奇跡的な僥倖でしょう。俄かにはそのわかりやすさが信じられないほどですが、あの守島を会社から放り出すのにグッドタイミングやった、というのもあったのでしょう。

でもね形岡さん、今回のことは形岡さんだから、あるいはいろんなタイミングが運良く重なったから起きただけのことで、あんまりそれを一般化しないようにお願いします。コップのなかの嵐とそのハッピーエンドを、どうか僕たちに押しつけないでください。

形岡さんには普通にありえることなのでしょうが、僕たちにはそんな僥倖はとてもありえません。僕たちには友情ってものが身につかないんです。そんな功利主義を裏に隠した偽善的な横のつながり強制など、とても僕らにはついていけないですし、世間の方でもそんな斜に構えた僕らには、人間関係の甘味を分け与えてくれはしません。内場や斉藤や日浦の冷たさ、残酷さをあなただって知らないはずはないだろうに、よくそんな脳天気な「みんな実はいい人だった」的な発言ができますね？　悪いのは「心を開かなかった」僕の方？　いじめの傍観者もまた加害者だって、自覚ないんですか？

不妊体質のこと、心から同情申し上げます。膣欠損ですか？　見た目からしてターナー症候群ではなさそうですが……

むかし知っている女の子が「子供を産めない身体なの」と散々触れまわって、なのに出来ちゃった結婚したということがあったので、形岡さんも希望を捨てないでください。ていうか、ちゃんと専門医に見せたほうがいいですよ？

病気自慢なら私にもひとつあります。ただ私の場合は同情をひきやすいものではありません。それは、耳鳴りです。

一年ぐらい前からずっと耳鳴りが治りません。「キーン」という高音で、そんなに大きくない音で、でもずっと鳴り続けてるこれは、けっこう地獄です。夜、静かなときなんて特に耳に響くから眠れません。ずっとずっと、ずうっと聞こえているから、いいかげん頭がおかしくなりそうです。ロックとか聴いてると騒音に紛れるから、睡眠薬を大量に飲んでイヤホンで音ガンガンに鳴らしながらベッドに入るような毎日です。

原因不明。耳鼻科のおっさんは「精神的なもの」のせいにしたがるし、精神科のじじいはそもそもなんの解決策も持たない。精神的なもん、って言われても、こうして生きてることそのものがストレスなのに何をどうすればええんか、どうすれば治るのか、どうすればこの24時間休みなしの責苦から逃れられんのか。答えは、まあ自明ですよね。

耳鳴りは、このところは治まっていました。恋愛がその要因でしょう。だとすればやっぱり精神的な問題だったのかもしれないが、しかし最近また症状が戻ってきました。つまり、この恋愛にしても永遠の治療薬にはならなかったということ。永遠に続くお祭りなんかない。生きてるかぎり人生に永遠性なんかやっぱりありえへんかった、っていう当然のことの何百回目の再確認。

形岡さん、僕もいつかはいまの彼女に飽きてしまうでしょう。それは当然です。彼女も老い、僕も老いる。または老いてしまう前にも人間には必ず飽きが来る。欠点が見え、その欠点がだんだんと許せなくなり、セックスのパターンにうんざりし、トイレの音にがっかりし、新鮮味が涸れる。老廃物ばかりが溜まる生活。ごまかしの愛。ごまかすための言葉。次に相手がどんなことを言うかだいたい知れて、型に嵌まった遣り取りに疲れて、無難な唯一の道として、沈黙する。会話がなくなる。一緒にいる時間を少なくする工夫をする。だんだん相手に遠慮しなくなり、そもそもなんでこいつのことをそんなに気に入ったんやろ、と疑問になり、新しい女に生物学的に正しく惚れ、浮気に走る。それは正しい。

形岡さん、あなたは僕に何を期待してますか？　あなたの損得勘定は何ですか？　ただ優しく話を聞いてくれる都合のいい異性が欲しいだけですか？　それともやはりセックスですか？

偽善を偽善と責めることの空しさを誰よりも知っている僕ですが、あなたのような女を見ているとその封印を解きたくもなります。あなたのような典型的な偽善者も久しぶりです。一体どこから説明して差し上げればいいか。とにかく現実を見なさい。年甲斐もなく少女趣味でいやになる。いいですか？　あなたは日浦たちからも相当嫌われてるんですよ？「あの女ウゼエ」とかってキャバクラで陰口叩かれている。何故か？　何故ならあなたは心を開きすぎているから。それが無粋だから。古いから。だっさいから。ババアだから。

みっともないですよ、形岡さん。もう黙ってて。そして勝手に仕事に生きればいい。搾取する側に死ぬまで騙されつづければいいねん。あんたがやる気を出せばやる気を出すだけ、勝ち組は手軽に労力少なく儲けることができる。あなたが自堕落に生きても、やっぱり勝ち組を調子に乗らせる。自分たちに都合のいい法律を通して、あんたを追い込む。あんたは、最低賃金や平均年収をにらみながら、生活保護受給者を勝ち組と一緒になって叩きながら、サービス残業たっぷりの人生をそのまま生きればいい。

ま、搾取する側もまた自分の足を食らう蛸でしかないんやけどね。だからどっちの側にいてもやっぱり、ブラックホールみたいな宇宙の法則に飲み込まれることには変わりないんやけども。

養子？　それも勝手にすればいいし、勝手に「引き受けた」気になって気持ちよくなってればいいけど、まず賭けてもいいのはあなたが、実際その局面になったら養子をとることは選ばないだろうってこと。多分あなたは独立開業もしないことでしょう。

あなたのようなタイプはいつもその場の思いつきだけで満足する。満足の点と点をつないで、それで「結婚式での泣きの手紙」とか「自分のレストランの開業○周年記念パーティ」とか「臨終の際に家族に囲まれて号泣されるシーン」とか、それぞれの点の幸福感の「イマジネーション」を必死に追い求めて、一瞬の切り取りでしかないハッピーエンドだけを求めて、でも結局何ひとつ果たせないままに何十年もだらだらと生きて生きて生きながらえて、ボケ老人になって劣悪環境の施設でおざなりの介護を受け、青あざができるまでつねられたり爪を剝がされたり糞尿まみれのまま放置されたりの虐待を何年間も受け、最期は病院で全身に管を通されて激痛に涙しながら、ボケてるから意思疎通もできないままに、もがき苦しんで死ぬ。

長生きすれば私もそうなるだろうし、あなたもきっとそう。そうでないとしてもそうなる可能性があるってことだけでも、この世に三下り半を突き付ける十分な理由に

なる。違う？（いや、あんたからの返答なんて一切期待してませんから。聞きたくもないし）

結局、耐えられようが耐えられまいが、苦難は苦難で手ぐすね引いて待ち構えてるし、うちらとしてもそんな障害レースに付き合ってやる理由もないし、なのに罪とか神とか持ち出して、足を洗うのを禁じるヤクザみたいにこっちを脅してきたりして、一体何様のつもりやの？

いい加減、ほっとけや、顎お化けのクソババア！

徳山は夢を見た。その夢の内容のほとんどは覚醒した瞬間に失われてしまっていたが、地平線の果てしない砂漠のなかにいて、しかしそこは熱がまったくなく眩しくもなく喉の渇きも覚えない。人の姿のまったく見えないなかでも孤独感や不安はなく、どこまでも穏やかで充足したものだった。その幸福感は目が覚めたあともしばらくは身体の周囲に漂っていた。

携帯電話をまた開くと、三十分も寝ていない。でもすっきりしている。

隣の初美に言うともなく、徳山は言葉を発する。

「結婚って……」

うつ伏せ状態のまま初美は片目だけをあける。

「結婚とか、いつかは俺たちも……」

「結婚なんて無理ですよ」と大儀そうに初美は言い放つ。これまでにない突っぱねる口調だった。

「は？　なんで？」と、少し怯んだ徳山はかじりつく。

薄目で徳山を見つめたまま、しばらく黙ったままの初美。体力の消耗のせいもあるだろうがしかし、何かを思案中なのか徳山には恐ろしくもあった。

そして彼女は言う。

「だって、うちの親、徳山さんが〝在日〟なのが引っかかってるみたいで」

「は？」あまりに意外な返答だった。だって――「いや待って。ちょっと待って。ちょっといろいろあるけど、まず、俺はもう日本人やから。小学校に入る前ぐらいから家族ごと帰化して国籍は日本やから」

「言いました。でも、たとえ帰化してても、自分たちは断固反対やって」

「んー、いや、えーと、まず、初美はなんでそれを言ったん？」

「それ？」

「俺が帰化した元在日だってことや」と、徳山は珍しくも苛立ちを露わにする。身体を起こし、寝ている初美を見下ろす。

うつ伏せ寝のままで初美は、片目の黒目の部分だけで徳山を見上げて、

「黙っといたほうが、よかったです？　なんにせよ、隠しとかんと得られへん幸せって、いったい何？」

「いやいや、そんなん……　いちいちそんなん、言わんでもよかったのに……」

そして徳山は脱力してベッドに沈み込む。

こうしてぶち壊されることによって気づかされていたが、徳山にとって初美との結婚こそが、失敗続きの人生に残されたほとんど唯一の希望だった。

「結婚、したかったです？」と初美。

「したかった。おまえと結婚したかった」

そう言って徳山は涙を流す。初美の前で泣いたのはこれが初めてだった。

「無理、ですね、結婚は、無理みたいです」と初美の無慈悲さが初めて、徳山の胸にまっすぐ突き刺さる。

そうして泣いたせいか、徳山はまたしばらく寝たようだった。夢は見なかった。目覚めて、時間の確認は、しない。

徳山は隣の初美に向かって言う。その顔を見ずに言う。今はあお向けとなっている

初美は、かすかな寝息を立てているが、構わず一方的に言葉を投げかける。
「おまえが親に相談するか？」
「親の言いなりになる女か、おまえが」
「どこまでやねん。なんやねん。いったい何がしたいねん、そんな在日のことまで持ち出してからに」

そうして傍らでうるさくされても、初美は相変わらず安定した寝息らしきを立てていた。彼女が本当に寝ているのかそれとも寝たふりをしているだけなのか、眠りが浅いと言って実際そのとおりだった彼女の今はどうなのか、――しかし徳山は、こうして興奮しながら彼自身がさらなる眠りに釣り込まれるようで、自分で自分がおかしい。

いよいよまったく二人きりとなっていた。徳山の携帯電話は一切鳴らなくなった。初美のものは電源を切ったまま触れられもしない。

五月になった。

徳山にも絶食状態が続いていた。別に彼はそうしたいと意識しているのではなく、いつでもなんでも食べたいと思ってはいるのだが、シャワーを浴びる気力はあっても外出する力が湧かない。あるいは太陽が見たいと外出する気になったとしても、飲食店に入るには生理的嫌悪感がそれを阻む。

　ほとんど動かないから、身体がこわばる。全身が痛い。ストレッチなどをする。今日こそはなんか食べようか、と思う。牛乳とバナナなんかいいんやないか。「どう?」と初美に声をかける。返事はない。布団を干そうと言う。それには応じて彼女は起き上がる。

　暖かくなった。ベッドは、初美のほぼ専有となって、徳山はそのベッドのサイドにもたれかかるようにして座る。そのままそこにクッションを抱いて寝るか、あるいはリビングまで行ってソファに寝る。

　頭痛は、あったとしても低音の響きがこめかみを刺激する程度の軽いものになった。一時期ひどかった胃のねじれるような痛みはなくなった。つまり、体調は悪くない。ただもちろん衰えは明らかだ。考えごともしたくない。本を通読できない。あるいは文字なんかを目で追いたくなかった。乾燥肌みたいだし、心なしか髪の毛に栄養がないようだった。

　時々、初美の衰弱のひどさを思い出して驚く。ずっとそばにいて彼女を四六時中見ているのに、徳山は思い出すようにして初美の現状を見直す。そして怖くなる。こいつこのまま死ぬんちゃうか、と今更のようにして考える。それまでは普段、ぼんやりしている。

もっとまだ元気だったときに、「おまえこのまま餓死するの狙ってんの？」と、何気なさそうに訊いていた。「まさか」と初美は鼻で笑うが、どこまで本気の否定か、ただの反射神経にも聞こえる。

また別の日、部屋のなかまで眩しい午後、初美は徳山の後頭部の髪を指で梳きながら、「だいぶ伸びたね」と言い、それから、「あんたのせいやから」と言いながら優しく髪を梳いてくる。「あんたのせいよ」と言う。

また別の日、寝言のようにして暗い部屋のなかに、「せっかく車まで買ったのに」と呟いていた。それがその数日で久しぶりに聞いた初美の声だったから、強く印象に残った。意味はあまり考えなかったが、ぽんと暗闇に投げ出されたその言葉と初美らしからぬ生の口調だけが、徳山の頭のなかにしばらく鮮やかに残った。

まだもっとずっと元気だったころ、同棲前の、十三に帰る徳山がまだタクシーに乗りなれていなかった、阪急梅田駅の広い構内で終電間際に聞く「第三の男のテーマ」が二人のBGMであったころ、これもまだ冗談か本気かわからないふうに曖昧に、表情のずっと豊かだった初美は言っていた。

「死ぬ、って別に、簡単な話です。泣いちゃうぐらい、——ああそうなんやね、と腑に落ちる話です」と輝く初美の裸体。「今夜寝て、そしてもう明日起きなくていい。そういうの。おやすみなさい。もうなんにも心配せんでいいから。もう、そのあったかい寝床から出てこんでええ。悪い夢も見ません。というか、どんな夢も見いへん。何も見たり聞いたりせん。もう新たな経験を肉体に痛く痛く刻むこともない。いや、怖くないですよ。怖ない怖ない。死んであの世の裁きなんて絶対にないから。誰もどんな説も信じられへんのやったら私の言葉だけ信じて受け取って。ただ眠るだけです。寝ましょう。安心して、ぐっすり寝ましょうよ。いったん寝てしまえばもう、誰も恨まず誰も妬まず、何も恐れず何も嫌悪せず、何ものからも、おびやかされない。落ち込むことも、落ち込まれることもない。何も感じなくていい。これからはもう、なんにも、感じんでいいの。なんにも思い出さんでいい。未来の心配はない。未来そのものがない。過去の傷も綺麗に消える。すべての傷と、流された血がなかったことになる。歴史がなくなる。宇宙の法則がなくなる。すっかり無になる。素晴らしいことやないですか？　この眠りの向こうの世界では、戦争もなければ病気もない、犯罪もなければ迫害もない。騙し騙される不安もない。裁きはない。ただもうぐっすりできる。——ねえ、もう休みましょう。こういうのに早すぎるなんてこと、ないですし、もう充分といえば、いつだって充分すぎるほどです」

五月、開け放されたままの窓にカーテンがなびいている。本当に誰からも連絡がない。徳山はこのごろ夢を見ない。

「生命力って本当にすごいと思う。すさまじいものやと最近特に感じる。なんだかやけに懐かしいことでもあるし、生命の本質はこの懐かしさにある、とも思う。――ま、だからどうや、って話やけど」

【主な参考文献・ウェブサイト】

『異端の肖像』（澁澤龍彦／桃源社）

『世界悪女物語』（澁澤龍彦／桃源社）

『殺戮の世界史　人類が犯した100の大罪』（マシュー・ホワイト／住友進＝訳／早川書房）

『女工哀史』（細井和喜蔵／改造社）

『ジル・ド・レ論　悪の論理』（ジョルジュ・バタイユ／伊東守男＝訳／二見書房）

『日本残酷物語4　保障なき社会』（宮本常一・山本周五郎・揖西光速・山代巴／平凡社）

『日本残酷物語5　近代の暗黒』（宮本常一・山本周五郎・揖西光速・山代巴／平凡社）

『ホロコースト全史』（マイケル・ベーレンバウム／石川順子・高橋宏＝訳／創元社）

『魔女狩り』（森島恒雄／岩波書店）

『ユーゴスラヴィア　民族浄化のためのレイプ』（ベヴェリー・アレン／鳥居千代香＝訳／柘植書房新社）

アヌトパンナ・アニルッダ　http://d.hatena.ne.jp/anutpanna/

解説　全滅したい気持ちを全滅させる

星野智幸

人類って本質的に愚かなんだな、と、日を重ねるごとに確信を深めていくばかりで絶望という言葉さえ不要な現在、李龍徳の七年前のデビュー作が新たに発見され直して、はまる人が増えているのは当然である。

七年前に初めて読んだときですら、私はこう書いている。

「『人類は普遍的に愚かだ』と確認しなくては、こんな世の中生きてられるか、即刻、人間を辞めて草や木になりたい、と思っている私が、この小説の中で繁茂する悪意の言説にシンクロするのは避けがたかった。これは、今の日本にはびこるヘイト的なものに対する、アンチ・ヘイトのヘイトスピーチだと感じた。自分の中に存在を意識しつつも、コントロール下に置いているはずのそのような『カウンター悪意』が、この小説の言葉によって封印を解かれ、活性化していくのを感じる過程は、恐怖であり愉楽である。」（第五十一回文藝賞選評）

七年たって今はコロナ禍の最中だが、人類はますますクズになって、憎悪は日常を支配し、それに対する私のカウンター悪意も、もはや何のカウンターなのかわからなくなり、ただねっとりと濃い悪意に煮詰まりつつある。人間であることが嫌でたまらない。

しかし、その憎悪を特定の存在にぶつける気にはまったくなれない。自分を含め人類全体がクズなのに、特定の存在のせいにするのは、あまりに惨めすぎる。

そうなると、「滅びろ人類、って素直に思える」などと人間への呪詛を繰り返す初美の言葉が、心地よく体内に入ってくるようになる。そうだ、人類が自分もろとも絶滅すればいいのだ、と。

でも、どうやったら七十八億人の人類を一度に完全に滅ぼすことができるのだろう。

たった一つだけ方法がある。自死である。

主人公、徳山を死に誘う言葉として、恋人の初美はこう言う。

「安心して、ぐっすり寝ましょうよ。いったん寝てしまえばもう、誰も恨まず誰も妬まず、何も恐れず何も嫌悪せず、何ものからも、おびやかされない。（中略）未来の心配はない。未来そのものがない。過去の傷も綺麗に消える。すべての傷と、流された血がなかったことになる。歴史がなくなる。宇宙の法則がなくなる。すっかり無になる」

自分が消えれば、あたりまえだが、自分にとってはすべてが無と化す。他人の血は流さずに、人類どころか宇宙さえ消してしまえるのが、自死なのだ。

この小説は、このような今の人間たちの死にたい気持ち、滅びたい気持ちに寄り添う。「死にたい」イコール「殺されたい」イコール「殺したい」であり、それらの衝動には境はなくて、どの行動として現れてしまうかは微細な差でしかない、というのが持論の私の目には、憎悪と暴力が充満して爆発しかけている今の人の世は滅びたがっている、と映る。

「そんなに何もかも嫌で死にたいですか、じゃあそうしてあげましょう、とことん行くところまで行っちゃってください」と寄り添って動機づけを加速させていくのが、この小説なのである。

ただし、自死を促しているのではない。クズのような人類なんか滅亡すればいい、というニヒリズムに堕ちきった気分を、極限まで増幅して、ニヒリズムそのものが機能を失調させる地点まで行き着こう、という促しなのである。ニヒリズムの側に堕ちた心に、例えば徳山の先輩の形岡さんのように、嘘くさい物語や感動と化した希望なるものを見せても、ただニヒリズムに栄養を与えるだけだ。

李龍徳の文学はこのように、ネガティブな言説に依存する者たちに寄り添い、その言説の欲望に沿って自滅まで導くことで、ヘイト的な言葉が成り立つ土壌を失わせるという、捨て身のアイロニーを特徴とする。

このアイロニーを十全に機能させるためには、しっかりした器が必要だ。この作品は、幾重もの型、容器を周到に組み合わせてできている。

まずは、心中ものとしての定型。男を滅亡させる「悪女」、ファムファタールもの、と言い換えてもよい。この定型は常に男目線から叙述され、女は謎めいた存在としてその意思はわからず、つまり他者化されていて、最後は存在を消されることで、男の人生（ないしは社会一般）には秩序が戻る。

初美は、生い立ちについては多くを語らず、普通すぎてマイナー性のないことが逆コンプレックスだと言ったりする。姓で呼ばれることを嫌い、地元意識も批判し、友情というあり方から疎外されている自分を肯定するなど、人が自明だと見なすことを徹底して退ける。人間は社会的な地位や職業や役割などの「型」に嵌め込まれないと生きていけないという認識があり、それは自分も例外ではなく、しかしそれを摂理として受け入れることは激しく拒絶する。

鋳型に嵌まっていることに、無自覚なくせにほんの少しだけ抵抗しているのが、徳山だ。徳山は医者の一家に生まれたけれど出来が悪くて期待されていないという生い立ちの「物語」を語り、その「トラウマ」が他人に理解されないことに傷ついている。さらに、「そうは言っても俺はずいぶん恵まれてる。三浪できる身分ってだけでもう、ひどく甘ったれた人生なんだってことを、俺はわかってない、いやわかってる、わかってていながらでもこの痛みをトラウマだと大騒ぎしたいその安さにこそ俺は身悶えしてるってことを、ちょっとはわかってほしい、――って俺は言いたい」と、ひどくこじらせている。けれども、その生きづらさの解決を、「初美との結婚こそが、失敗続きの人生に残されたほとんど唯一の希望だった」とすがってしまうほどに、型に嵌まっている。

自分がない、自信がないという空洞感を、徳山は初美の繰り出すカウンター悪意の言葉で埋めていく。そうして徳山は初美に依存を深め、あたかも初美であるかのように錯覚することで、自分を成り立たせる。

ここでの初美という存在は、性的で誘惑的な女性のように描かれているが、徳山はそこに溺れているのではない。それは徳山に刷り込まれている物語の紋切り型が起動しての描写であって、徳山を組み替えているのは、初美の語る、あるいは読み上げる言葉だ。初美は、テクストとして存在している。初美の言葉が徳山に内面を与え、読者の中の言葉の境界線を破る。

事実かどうかははっきりしない形で、初美が無性愛者である可能性にも言及されている。初美が徳山の思い描いているような男女の恋愛や性愛として関係しているのではないかもしれないことが、かすかな可能性として提示されている。無性愛者であるとするなら、なおさら初美の実体は言語であり、言葉をコピーさせて徳山を変異させていることになる。

初美は「話の通じない」質の悪い男たちにしんどい目に遭わされ続けており、「この世は綱渡り」で「どこで変なのに出くわすか、確率の問題」だと感じている。その初美が目を輝かせて粉砕するのは、ネットワークビジネスをしている中原や悠木、徳山の先輩の日浦といった男たちだ。

初美化した徳山も、同じようにろくでもない男たちである、予備校の先輩の菅野を言葉で叩きのめし、日浦たちバイト仲間を罵って関係を断ち切る。

かくして、初美の望んだ以上に積極的に徳山は、社会との関係を断ち切って、初美に完全に依存する。そうして、ファムファタールによる心中の物語から逃れることに、二人は失敗する。

もしこの結末に救いがないと感じたら、まだ感動や希望の物語という型から逃れられていないかもしれない。あるいは、この破滅にカタルシスを感じるなら、それもまたファムファタールものという定型の物語に囚われているとも言える。ここから先はそれらの物語の型はもう壊れて使えないんだな、そういう殺伐こそが新しい世の始まりだと思えたら、この本を閉じて地続きのディストピア＝現実に踏み出して行けるだろう。

（小説家）

本書は二〇一四年に小社より刊行された単行本を文庫化したものです。

kawade bunko

死にたくなったら電話して

二〇二一年 九 月二〇日 初版発行
二〇二二年 二 月二八日 4刷発行

著 者 李龍徳（いよんどく）
発行者 小野寺優
発行所 株式会社河出書房新社
〒一五一-〇〇五一
東京都渋谷区千駄ヶ谷二-三二-二
電話〇三-三四〇四-八六一一（編集）
〇三-三四〇四-一二〇一（営業）
https://www.kawade.co.jp/

ロゴ・表紙デザイン 粟津潔
本文フォーマット 佐々木暁
本文組版 KAWADE DTP WORKS
印刷・製本 凸版印刷株式会社

Printed in Japan ISBN978-4-309-41842-1

笙野頼子三冠小説集

笙野頼子　40829-3

野間文芸新人賞受賞作「なにもしてない」、三島賞受賞作「二百回忌」、芥川賞受賞作「タイムスリップ・コンビナート」を収録。その「記録」を超え、限りなく変容する作家の「栄光」の軌跡。

ミューズ／コーリング

赤坂真理　41208-5

歯科医の手の匂いに魅かれ恋に落ちた女子高生を描く野間文芸新人賞受賞作「ミューズ」と、自傷に迫る「コーリング」——『東京プリズン』の著者の代表作二作をベスト・カップリング！

寝ても覚めても　増補新版

柴崎友香　41618-2

消えた恋人に生き写しの男に出会い恋に落ちた朝子だが……運命の恋を描く野間文芸新人賞受賞作。芥川賞作家の代表長篇が濱口竜介監督・東出昌大主演で映画化。マンガとコラボした書き下ろし番外篇を増補。

想像ラジオ

いとうせいこう　41345-7

深夜二時四十六分「想像」という電波を使ってラジオのＯＡを始めたＤＪアーク。その理由は……。東日本大震災を背景に生者と死者の新たな関係を描きベストセラーとなった著者代表作。野間文芸新人賞受賞。

青春デンデケデケデケ

芦原すなお　40352-6

一九六五年の夏休み、ラジオから流れるベンチャーズのギターがぼくを変えた。“やーっぱりロックでなけらいかん”——誰もが通過する青春の輝かしい季節を描いた痛快小説。文藝賞・直木賞受賞。映画化原作。

リレキショ

中村航　40759-3

“姉さん”に拾われて“半沢良”になった僕。ある日届いた一通の招待状をきっかけに、いつもと少しだけ違う世界がひっそりと動き出す。第三十九回文藝賞受賞作。

黒冷水

羽田圭介　40765-4

兄の部屋を偏執的にアサる弟と、執拗に監視・報復する兄。出口を失い暴走する憎悪の「黒冷水」。兄弟間の果てしない確執に終わりはあるのか？当時史上最年少十七歳・第四十回文藝賞受賞作！

二匹

鹿島田真希　40774-6

明と純一は落ちこぼれ男子高校生。何もできないがゆえに人気者の純一に明はやがて、聖痕を見出すようになるが……。〈聖なる愚か者〉を描き衝撃を与えた、三島賞作家によるデビュー作＆第三十五回文藝賞受賞作。

ハル、ハル、ハル

古川日出男　41030-2

「この物語は全ての物語の続篇だ」――暴走する世界、疾走する少年と少女。三人のハルよ、世界を乗っ取れ！　乱暴で純粋な人間たちの圧倒的な“いま”を描き、話題沸騰となった著者代表作。成海璃子推薦！

ブエノスアイレス午前零時

藤沢周　41324-2

雪深き地方のホテル。古いダンスホール。孤独な青年カザマは盲目の老嬢ミツコをタンゴに誘い……リリカル・ハードボイルドな芥川賞受賞の名作。森田剛主演、行定勲演出で舞台化！

JR上野駅公園口

柳美里　41508-6

一九三三年、私は「天皇」と同じ日に生まれた――東京オリンピックの前年、出稼ぎのため上野駅に降り立った男の壮絶な生涯を通じ描かれる、日本の光と闇……居場所を失くしたすべての人へ贈る物語。

とむらい師たち

野坂昭如　41537-6

死者の顔が持つ迫力に魅了された男・ガンめん。葬儀の産業化に狂奔する男・ジャッカン。大阪を舞台に、とむらい師たちの愚行と奮闘を通じ「生」の根源を描く表題作のほか、初期代表作を収録。

そこのみにて光輝く

佐藤泰志　41073-9

にがさと痛みの彼方に生の輝きをみつめつづけながら生き急いだ作家・佐藤泰志がのこした唯一の長篇小説にして代表作。青春の夢と残酷を結晶させた伝説的名作が二十年をへて甦る。

きみの鳥はうたえる

佐藤泰志　41079-1

世界に押しつぶされないために真摯に生きる若者たちを描く青春小説の名作。新たな読者の支持によって復活した作家・佐藤泰志の本格的な文壇デビュー作であり、芥川賞の候補となった初期の代表作。

大きなハードルと小さなハードル

佐藤泰志　41084-5

生と精神の危機をひたむきに乗り越えようとする表題作はじめ八十年代に書き継がれた「秀雄もの」と呼ばれる私小説的連作を中心に編まれた没後の作品集。作家・佐藤泰志の核心と魅力をあざやかにしめす。

枯木灘

中上健次　41339-6

熊野を舞台に繰り広げられる業深き血のサーガ…日本文学に新たな碑を打ち立てた著者初長編にして圧倒的代表作。後日談「覇王の七日」を新規収録。毎日出版文化賞他受賞。解説／柄谷行人・市川真人。

十九歳の地図

中上健次　41340-2

「俺は何者でもない、何者かになろうとしているのだ」——東京で生活する少年の拠り所なき鬱屈を瑞々しい筆致で捉えたデビュー作。全ての十九歳に捧ぐ青春小説の金字塔。解説／古川日出男・高澤秀次。

日輪の翼

中上健次　41175-0

路地を出ざるをえなくなった青年と老婆たちは、トレーラー車で流離の旅に出ることになる。熊野、伊勢、一宮、恐山、そして皇居へ、追われゆく聖地巡礼のロードノベル。

著訳者名の後の数字はISBNコードです。頭に「978-4-309」を付け、お近くの書店にてご注文下さい。